The
time
keeper

THE TIME KEEPER

The
time
keeper

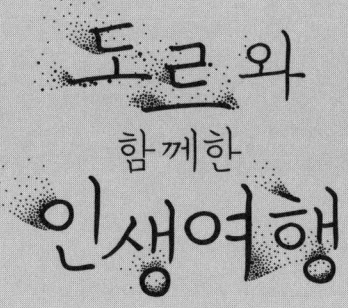

도르 와 함께한
인생여행

미치 앨봄 장편소설
윤정숙 옮김

21세기북스

인생의 매 순간을 가치 있게 해준 재닛에게
시간에 대한 이 책을 바친다.

한국 독자들에게

이 책이 한국에서 출간된다니 참으로 영광입니다. 나는 2010년에 한국을 방문할 기회가 있었고, 한국 독자들과 좋은 추억이 많습니다. 이번 신작도 읽어주셔서 감사드립니다.

특히 이번 이야기는 한국 독자들과 큰 교감이 있기를 기대합니다. 왜냐하면 시간의 문제가 여러분의 나라에서도 아주 중요하기 때문입니다.

이 책을 쓴 이유는 내가 나이가 들었기 때문입니다. 나이가 들고 보니 젊었을 때 시간을 잡아먹었던 수많은 일이 이제 그렇게 중요하지 않았음을 깨닫게 되었습니다.

젊은 시절 나는 성공, 일, 성취에 더 관심이 많았습니다. 그러나 이제 부모님과 사랑하는 이들이 병들거나 세상을 떠나게 되면서 시간을 어떻게 소비하고 있는지 고민하게 되었습니

다. 난 그들과 더 많은 시간을 보내기를 희망합니다. 난 내가
지닌 보다 단순하고 좋은 것들을 누리기를 희망합니다.

이 책에서 나는 시간을 재기 시작한 최초의 인간을 상상했
습니다. 그의 출현 이전에 세상은 훨씬 단순했습니다. 그의 출
현 이후에 모든 것이 바뀌었습니다. 일단 우리는 날을 헤아리
기 시작하면서 어떤 날을 손꼽아 기다리게 되었습니다. 우리
는 시간이 부족하다고 걱정하는 유일한 피조물이 되었습니다.

어쩌면 무엇보다도 우리 인간은 시간을 셈하려고 만들어진
것이 아닐 것입니다. 이 책에서 시간의 아버지는 시간의 비밀
을 풀려고 노력하지만 그 의미를 이해하지 못합니다. 이 점은
나 또한 익혀야 하는 교훈이기도 합니다. 이 비밀을 풀려는 여
행이 한국 독자들에게 흥미를 안겨주고 삶의 새로운 의미를

주기를 희망합니다.

다시 한번 나의 이야기를 아껴주셔서 감사합니다. 이 책이 우리의 바쁘고도 바쁜 삶을 이해하려고 애쓰는 가운데 작은 평안함의 원천이 될 수 있기를 희망합니다.

여러분 모두의 간절한 꿈이 이루어지시길 바라고 다음 한국 방문 때 뵐 수 있기를 바랍니다.

2013년 3월,
디트로이트에서 미치 앨봄

|차례|

프롤로그

시간의 아버지는
여기서 영원처럼 아주 오래 있었다.
그는 희망을 버렸다.
……
곧 시간의 아버지가 풀려날 것이다.
그리고 세상으로 돌아가
자신이 시작한 일을 끝낼 것이다.

I

한 남자가 동굴에 홀로 앉아 있다.

머리카락은 길다. 수염을 무릎까지 늘어뜨린 채 두 손으로 턱을 괴고 있다.

두 눈을 감고 있다. 그는 뭔가에 귀를 기울이고 있다. 목소리. 동굴 깊숙한 물웅덩이에서 끊임없이 울려 나오는 목소리들.

세상 사람들 소리다.

그들 모두 한 가지만을 원한다.

시간.

첫 번째 목소리는 세라 레몬의 것이다.

십 대인 세라는 침대에 누워 휴대전화의 사진을 바라본다. 갈색 머리의 너무나 멋지게 생긴 소년이다.

오늘 밤에 그를 만나기로 했다. 세라는 흥분한 목소리로 약속 시각을 몇 번이고 되뇐다.

"8시 30분, 8시 30분."

아까부터 무엇을 입을지 고민이다. 검은 청바지? 민소매 탑? 세라는 자신의 드러난 팔을 떠올리며 고개를 젓는다. 무엇을 입지?

"내게 시간이 더 필요해!"

두 번째 목소리는 빅토르 들라몽트의 것이다.

팔십 대 중반의 노인 빅토르는 진료실에 앉아 있다. 옆에 아내가 서 있다. 의사는 그의 정밀 검진 결과를 들고 있었다.

의사가 침착하게 말한다.

"우리가 할 수 있는 일이 많지 않습니다."

몇 달의 치료도 효력이 없었던 것일까. 종양은 이미 신장까지 망가뜨렸다.

빅토르의 아내는 말문이 막혀 아무 말도 못한다. 두 사람이 똑같은 절망감으로 깊은숨을 내쉰다. 빅토르 역시 목이 막혀 헛기침한다.

"아내가 의사 선생님께 물어보고 싶은 것은……, 제게 시간이 얼마나 남았습니까?"

빅토르와 세라의 간절한 목소리는 멀고 먼 동굴까지 들려온다. 동굴 속에는 덥수룩한 남자가 외롭게 앉아 있다. 그는 시간의 아버지다.

그를 신화 속 인물이나 고풍스러운 카드의 캐리커처라고 생각할지 모른다. 모래시계를 들고 있는 이 세상 누구보다 늙은 아주 오래되고 여읜 사람.

하지만 시간의 아버지는 실재한다.

그는 나이를 먹지 않는다. 마구 자란 수염과 무성하게 흘러내린 머리카락은 죽음이 아닌 삶의 흔적이다. 몸은 호리호리하고 피부는 탱탱하다. 자신이 다스리는 '시간'으로부터 영향을 받지 않기 때문이다.

그도 신을 화나게 하기 전에는 수명이 다하면 죽어야 하는 평범한 인간이었다. 그러나 운명은 달라졌다. 그는 깊은 동굴에 유폐된 후 몇 분, 몇 시간, 몇 년만 시간을 더 달라는 세상 사람들의 모든 하소연에 귀를 기울여야 한다.

그는 여기서 영원처럼 아주 오래 있었다. 그는 희망을 버렸다. 하지만 어디에선가 모두의 시계가 조용히 똑딱이고 있다. 그리고 그의 시계도 똑딱이고 있다.

곧 시간의 아버지가 풀려날 것이다.

그리고 세상으로 돌아가 자신이 시작한 일을 끝낼 것이다.

시작

인간의 역사 초기에 남들과 다른 한 명의 아이는
어쩌면 세상을 바꿀 수 있을지도 모른다.
그래서 신은 도르를 유심히 지켜보았다.

2

시간의 의미에 관한 이야기는 이렇게 시작된다.
오래전 사람이 처음 살던 때 푸른 언덕을 달려가는 맨발의 소년이 있었다. 소년은 저만치 앞서 뛰어가는 맨발의 소녀를 웃으며 뒤따른다. 한 쌍의 소년 소녀가 종종 그러듯이 둘은 술래잡기 놀이를 한다. 아마도 둘은 항상 이렇게 달릴 것이다.

소년은 도르이고 소녀는 앨리다.
둘은 아주 닮았다. 목소리는 가늘고 짙은 검은색의 머리카락은 숱이 많다. 앳된 얼굴에는 여기저기 진흙이 튀어 있다.
　앨리는 달리면서 도르를 돌아보고 웃는다. 소녀는 사랑의 처음 떨림을 느끼고 있다. 작은 돌을 들어 소년을 향해 높이 던지며 환하게 외친다.

"도르!"

처음으로 수를 세다.

도르는 숨을 세기 시작한 최초의 인간이다. 먼저 손가락마다 소리로 된 이름을 붙여주었다. 금세 무엇이든 세게 되었다.

　도르는 순하고 순종적인 아이지만 정신은 누구보다 깊고 특별했다. 인간의 역사 여명기에 남들과 다른 한 명의 아이는 어쩌면 세상을 바꿀 수 있을지도 모른다.

　그래서 신은 도르를 유심히 지켜보았다.

"도르!" 앨리가 다시 외친다.

고개를 들어 언제나처럼 앨리에게 미소를 짓는다. 돌이 발아 래로 떨어진다. 도르는 비스듬히 아래로 숙이며 생각한다.

　"다른 돌을 던져!"

　앨리가 다시 돌을 높이 던진다. 도르는 습관처럼 손가락을 센다. 하나, 둘, 셋.

　"으악!"

　등 뒤에 세 번째 아이 님이 나타난다. 그들보다 덩치가 크고 힘이 센 님은 도르를 올라타고 소리를 지른다.

　"내가 왕이다!"

　세 아이 모두 웃는다.

　그들은 다시 달리기 시작한다.

시간을 재지 않는 삶을 상상할 수 있을까.

아마도 불가능할 것이다. 우리는 일 년, 한 달, 하루의 시간을 안다. 주위를 둘러보면 어디에나 시계가 있다. 누구나 일정이 있고 항상 달력을 쳐다본다. 시간에 맞춰 약속 장소에 가고 영화 상영 시간을 놓치지 않으려고 애쓴다.

인간과 달리 시간을 재는 동물은 없다. 새들은 늦거나 빠르거나 신경 쓰지 않는다. 개들은 시계를 보는 일이 없다. 사슴은 나이 드는 것을 초조해하지 않는다.

사람만이 시간을 측정한다.

오직 사람만이 정각마다 시보를 울린다.

사람만이 시간을 재기 때문에 다른 창조물들은 겪지 않는 두려움을 느낀다.

바로 시간이 부족하다는 두려움이다.

3

세라 레몬은 시간이 더 필요했다.

욕실에서 분주하게 걸어 나오며 계산해본다. 머리 말리는 데 20분, 화장하는 데 30분, 옷 입는 데 30분, 약속 장소까지 가는 데 15분.

약속 시각까지 빠듯하다.

"8시 30분, 8시 30분!"

방문이 벌컥 열린다. 엄마 로레인이다.

"세라."

"노크 좀 해, 엄마!"

"알았어. 똑똑."

로레인이 딸의 침대를 본다. 두 벌의 청바지와 세 장의 티셔츠와 하얀 스웨터가 펼쳐져 있다.

"어디 가려고?"

"아무 데도 안 가."

"누구 만나니?"

"아니."

"네가 예뻐 보이려면 하얀……."

"엄마!"

로레인은 한숨을 쉰다. 방바닥에서 젖은 수건을 집어 들고 밖으로 나간다.

세라는 다시 거울 앞으로 간다. 소년을 생각한다. 자신의 허릿살을 집어본다. 헉! 그녀는 하얀 스웨터는 절대 입지 않을 것이다.

빅토르는 남은 시간이 없어서 두렵다.

노부부는 고층 전용 엘리베이터에서 내려 펜트하우스로 들어간다.

"코트 줘요."

남편의 코트를 받아 옷장에 건다. 지팡이를 짚은 빅토르는 복도를 걸어간다. 벽에는 모네의 그림이 걸려 있다. 갑자기 통증이 밀려온다. 항암제를 먹어야 한다. 그는 책과 명판과 거대한 마호가니 책상으로 채워진 서재로 들어간다.

빅토르는 의사의 말을 떠올린다.

'우리가 할 수 있는 일이 많지 않습니다.'

그 말이 무슨 의미일까? 나에게 남은 시간은 얼마나 될까. 몇 달? 몇 주? 이렇게 끝나는 걸까? 그럴 리가 없다.

빅토르는 타일 바닥을 서성이는 아내의 발소리를 듣는다. 전화를 걸고 있다.

"루스, 나야."

루스는 그녀의 여동생이다. 목소리를 낮춘다.

"방금 병원에 다녀왔어……."

빅토르는 홀로 의자에 앉아 줄어드는 자신의 남은 삶을 헤아린다. 숨이 힘없이 터져 나온다. 그의 얼굴이 일그러지고 눈가가 축축해진다.

4

아이들은 자기의 운명에 따라 자란다.
언덕에서 뛰놀던 세 친구 도르, 앨리, 님도 그랬다.

님은 키가 훌쩍 크고 어깨가 넓어졌다.
그는 건축가인 아버지를 따라 진흙 벽돌을 날랐다. 다른 소년
들보다 힘이 센 자신이 자랑스러웠다. 힘에 매료되었고 그 추
종자가 되었다.

앨리는 점점 더 아름다워졌다.
그녀의 엄마는 아름다움이 남자들의 욕망을 부추기지 않도
록 검은 머리를 단정하게 땋아 내리라고 했다. 눈은 늘 아래를
보라고 했다. 앨리는 정숙한 여인으로 커갔다.

도르는 숫자를 세는 일에만 집중했다.

그는 돌에 표시하고 막대에 홈을 새기고 나뭇가지와 자갈돌 등을 닥치는 대로 바닥에 늘어놓고 하루를 보냈다. 종종 그 숫자들에 집중하느라 몽상에 빠진 것처럼 보였다. 형들은 점점 그를 사냥에 데려가지 않게 되었다.

대신에 도르는 앨리와 함께 언덕으로 달려갔다.

그의 자유로운 정신은 저만치 앞서 나가면서 자신에게 따라오라고 손짓했다.

어느 더운 날 아침 특별한 일이 벌어졌다.

십 대가 된 도르는 문득 흙바닥에 주저앉아 땅에 막대를 꽂았다. 햇빛이 강하게 쏟아지면서 막대 그림자가 생겼다.

그는 그림자 끝에 돌을 놓아보았다. 나지막이 콧노래를 흥얼거리며 앨리를 생각하고 있었다. 둘은 어린 시절부터 친구였다. 이제 그는 키가 더 컸고 그녀는 더 부드러워졌다. 앨리가 눈을 들어 도르의 눈을 마주 볼 때면 연약해짐을 느꼈다. 그는 정신을 차릴 수 없었다.

그때 윙윙대는 파리가 그의 몽상을 깼다.

"아야!"

그는 손으로 철썩철썩 파리를 쫓았다. 그리고 다시 막대를 바라보자 그림자는 움직였고 아까 그 돌에 닿지 않는다는 것을 발견했다.

도르가 아무리 기다려도 태양은 점점 하늘 높이 올라가면서 그림자는 더욱 작아졌다. 모든 것을 그대로 두고 내일 다시 오기로 했다. 내일 태양이 다시 돌이 있는 곳까지 그림자를 만들 때 '오늘 그 순간'이 될 것이었다.

도르는 생각했다. 그런 순간이 매일 한 번일까? 그림자, 막대, 돌이 가지런히 일치하는 때가? 그는 그때를 앨리의 순간이라고 부르고 매일 그 시간이 되면 그녀를 생각할 것이었다.

도르는 뿌듯해져서 이마를 두드렸다. 그렇게 인간은 시간을 표시하기 시작했고 하루라는 시간을 알게 되었다.

파리가 다시 나타났다.

도르는 파리를 다시 철썩 때렸다. 파리는 길고 검은 얼룩으로 번지고 그 가운데에서 어둠이 열렸다. 사이에서 하얀 로브를 입은 노인이 걸어 나왔다. 도르의 눈이 두려움으로 커졌다. 그는 소리를 지르며 도망치려고 했지만 몸이 움직이지 않았다.

노인은 황금빛 나무지팡이를 들고 있었다. 지팡이로 도르가 꽂아놓은 막대를 치자 땅에서 솟구치더니 수만 마리의 말벌떼로 바뀌었다. 말벌들은 커튼을 치듯이 새로운 어둠을 만들었고 다시 가운데가 스르르 열렸다.

노인은 그곳으로 걸어갔고, 곧 사라졌다.

도르는 깜짝 놀라 달아났다.

그는 노인에 대해 아무에게도 말하지 않았다.

앨리에게도 비밀이었다.

마지막 순간이 다가올 때까지는······.

5

세라는 서랍에서 시계를 찾아낸다.

검은 청바지를 찾기 위해 서랍을 열었다가 구석에 파묻혀 있던 자신의 첫 번째 시계를 발견했다. 플라스틱 밴드가 달린 자주색의 스와치 시계였다. 세라의 열두 번째 생일에 엄마 아빠가 선물한 것이었다.

그로부터 두 달 후에 그들은 이혼했다.

"세라!" 엄마가 아래층에서 소리친다.

"뭐?"

이혼 후에 세라는 엄마 로레인과 살았다. 로레인은 집안에 문제가 생길 때마다 전남편인 톰을 탓하곤 했다. 세라는 아빠를 탓할 때마다 수긍하는 척했다. 하지만 그들은 아직도 아빠를 기다리고 있었다. 로레인은 남편이 스스로 잘못했다는 것을 인정하기 원했다. 세라는 아빠가 구원해주기를 원했다. 하지만 아직 그들이 바라는 대로 되지는 않았다.

"엄마, 왜요?" 세라가 위층에서 다시 소리쳤다.

"자동차 필요하니?"

"필요 없어."

"뭐?"

"필요 없다고."

"어디 가는데?"

"아무 데도 안 가!"

세라는 여전히 움직이고 있는 자주색 시계를 들여다본다. 저녁 6시 59분이다. 멋진 소년과 만나기로 한 시각까지 얼마 남지 않았다.

"8시 30분, 8시 30분!" 그녀는 서랍을 닫고 소리친다.

그런데 그녀의 검은 청바지는 어디 있는 걸까?

빅토르는 시간을 찾아낸다.

서랍에서 캘린더를 꺼낸다. 그는 내일 일정을 살펴본다. 오전 10시에는 이사회, 오후 2시에는 증권 분석가들과의 화상회의, 오후 8시에는 빅토르가 인수하려는 회사의 브라질 대표와 만찬이 예정되어 있다. 지금의 상태로는 그중 하나라도 잘 해낼 수 있을 것 같지가 않다.

빅토르는 약을 삼킨다. 초인종 소리가 들린다. 이 시간에 누가 온 거지? 아내 그레이스가 복도를 걸어가는 소리가 들린다.

책상 위에는 그들의 결혼사진이 놓여 있다. 그들은 정말 젊고 예뻤다. 그런 시절이 정말 있었을까? 건강하고 종양도 없고 신장도 망가지지 않았던 때다.

"빅토르?"

그레이스는 서재 문간에 서 있고 배달원이 전동 휠체어를 밀고 온다.

"뭐야?" 빅토르가 말한다.

그레이스가 억지로 미소를 짓는다.

"이거 주문하기로 했잖아요, 기억나죠?"

"아직은 필요 없어."

"빅토르."

"필요 없다고!"

그레이스는 하염없이 천장을 바라본다.

"복도에 두시오." 빅토르가 배달원에게 지시한다.

"복도에요." 그레이스가 다시 말한다.

빅토르는 캘린더를 덮고 통증이 오는 배를 움켜잡고 의사의 말을 생각한다.

'우리가 할 수 있는 일이 많지 않습니다.'

그는 이대로 남은 시간을 허비할 수만은 없다고 생각한다.

6

도르와 앨리의 결혼식 날이다.

따뜻한 가을밤 둘은 제단에 서 있었다. 예물을 서로 교환했다. 앨리는 베일을 쓰고 있었다. 도르는 그녀의 머리에 향수를 뿌리고 선언했다.

"그녀는 나의 아내입니다. 나는 그녀의 무릎 위를 금과 은으로 채울 것입니다."

그때는 그렇게 결혼했다.

'그녀는 나의 아내'라는 말을 하는 동안 도르의 마음은 따뜻하고 평온해진다. 어린 시절부터 앨리는 도르에게 영원히 함께 있는 하늘과 같았다.

오직 앨리만이 도르가 숫자 세는 것을 멈추게 할 수 있는 유일한 사람이었다. 오직 앨리만이 도르를 위해 위대한 강에서 물을 길어주었고 곁에 앉아 부드러운 멜로디를 흥얼거려주었다. 도르가 물을 마실 때도 앨리는 사랑스러운 눈길로 바라보았다.

둘은 드디어 맺어졌고, 행복했다. 도르는 그 밤을 영원히 잊지 않기 위하여 구름 사이 달의 모양을 관찰했고, 혼인한 밤의 달빛과 그 순간을 표시했다.

도르와 앨리에게서 세 아이가 태어났다.

아들과 딸, 그리고 딸이 차례로 태어나 자랐다. 도르의 가족은 아버지 집에서 함께 살았다. 윗가지와 진흙으로 지은 집 세 채가 가까이 붙어 있었다. 부모와 자식들 그리고 손자들 모두 한 지붕 아래에서 옹기종기 살았다. 그 시대에는 자식이 부유해진 경우에만 새로운 집을 장만해서 이사했다.

도르는 결코 부자가 되지 못할 것이다.

도르는 혼인 선언 때 약속한 것처럼 금과 은을 앨리에게 안겨주지 못할 것이다. 염소와 양과 황소는 모두 그의 형들과 아버지의 것이었다.

형들과 아버지는 이해할 수 없는 측정 기구들을 만지작거리며 종일 시간을 보내는 도르를 한심해했다. 심지어 때려도 보았다. 어머니는 옹크린 채 자기 일에만 빠져 있는 도르를 보고 울기도 했다. 부모와 형들은 신이 그를 연약하고 쓸모없게 만들었다고 한탄했다.

"도르야, 너는 왜 님처럼 되지 못하니?"

님은 강력한 왕이 되었다.

그는 엄청난 재산을 가졌고 많은 하인을 거느렸다.

님은 마침내 거대한 탑을 건설하기 시작했다. 도르와 앨리는 이른 아침에 가끔 아이들을 데리고 그 옆을 지나 산책하곤 했다.

"어렸을 때 정말 님 왕과 같이 놀았어요?" 아들이 물었다.

도르가 고개를 끄덕였다. 앨리는 남편의 팔짱을 끼면서 말했다.

"아버지가 더 빨리 달렸고 언덕도 더 잘 올라갔단다."

"셋 중에 엄마가 가장 빨랐지." 도르가 미소 지었다.

아이들은 웃으면서 앨리의 다리에 매달렸다.

"아버지가 그렇게 말한다면 맞을 거야." 앨리가 말했다.

도르는 그 틈에도 님의 탑에서 일하는 노예들의 수를 세고 또 세본다. 그리고는 잠시 자신과 님의 삶이 얼마나 달라졌는지를 생각했다.

그날 늦게까지 도르는 하늘을 가로질러가는 태양의 궤적을 점토판에 표시했다. 아이들이 그의 특별한 도구에 손을 대려하자 앨리가 부드럽게 손을 잡고는 손가락에 입을 맞췄다.

역사에는 기록되지 않은 이야기다.

도르는 세상의 거의 모든 시간 측정법에 조금씩은 손을 댔다. 물론 과학의 역사는 그 모든 공을 다른 사람들에게 돌리게 된다.

도르는 이집트의 오벨리스크가 나타나기 훨씬 전에 그림자의 움직임을 기록했다. 그리스의 물시계가 발명되기 훨씬 전에 물의 양을 측량했다.

도르는 인류 최초의 해시계를 발명할 것이다. 그는 시계와 달력을 창조할 것이다.

도르는 시간에 관한 모든 발명가를 앞선 최초의 인간이다.

'시간'이라는 단어를 생각해보라.

우리는 살아가면서 그 단어를 아주 많이 쓴다.

시간을 보내다, 시간을 낭비하다, 시간을 죽이다, 시간을 잃어버리다. 시간에 늦지 않게, 시간에 맞춰, 시간을 들여서, 시간을 아껴서, 오랜 시간, 제시간에, 시간을 놓쳐서……. 그 시간을 기억하다, 시간을 지키다, 시간을 내다, 시간을 기록하다, 시간을 지연시키다…….

'시간'이라는 단어가 들어가는 표현들은 하루를 이루는 분과 초만큼 많다. 하지만 한때는 시간을 나타내는 단어가 전혀 없었던 때가 있었다. 아무도 시간을 세려고 하지 않았기 때문에 시간은 존재하지 않았다.

그때 도르가 시간을 헤아리기 시작했다.

그리고 모든 것이 바뀌었다.

7

도르의 아이들이 언덕을 달릴 수 있을 만큼 자란 어느 날, 어린 시절의 친구인 님 왕이 도르를 찾아왔다.

"이게 뭐지?" 님이 물었다.

도르는 바닥에 작은 구멍이 뚫린 그릇을 들고 있었다.

"측정 기구입니다."

"아냐, 도르." 님이 웃었다.

"이건 쓸모없는 그릇이야. 이 구멍을 봐. 물을 붓는 족족 흘러내릴 거야."

도르는 대꾸하지 않았다. 뼈나 막대를 다루며 시간을 보내는 동안 님은 이웃 마을을 공격해서 재산을 빼앗고 복종을 명령했다.

님이 도르의 집으로 불쑥 찾아온 것은 처음이었다. 그는 부와 권력을 상징하는 화려한 양털 외투를 입고 있었다.

"내가 탑을 짓고 있는 걸 알고 있나?" 님이 물었다.

"지금껏 누구도 탑을 지은 적이 없었죠." 도르가 말했다.

"이제 시작일 뿐이야 친구. 곧 하늘에 닿게 될 거야."

"왜요?"

"신을 굴복시키기 위해서지."

"그들을 굴복시켜요?"

"그래."

"그다음에는요?"

"저 위에서 다스리는 거지."

도르가 눈을 돌렸다.

"나와 함께하세." 님이 말했다.

"제가요?"

"난 어린 시절부터 자네가 영리하다는 걸 알고 있었어. 다른 사람들의 말처럼 자네는 미치지 않았어. 자네의 지식과 이런 것들이 앞으로 어떤 큰일을 해낼지를 알고 있네."

그는 측량 기구들을 가리켰다.

"저것들이 탑과 내 힘을 더 튼튼하게 해줄 수 있을 거야, 그렇지?"

도르가 어깨를 으쓱였다.

"어떻게 쓰는 건지 알려줄 수 있겠나?"

도르는 오후 내내 자신의 생각을 설명했다.

그는 어떻게 막대의 그림자가 표시해놓은 것과 한 줄이 되는 지, 어떻게 표시들이 하루를 쪼개어주는지를 보여주었다. 그 는 달의 변화와 주기를 기록한 돌들도 설명했다.

님은 도르의 말을 대부분 이해하지 못했다. 그는 고개를 흔 들고는 태양의 신과 달의 신이 끊임없이 싸우고 있다고 말했 다. 그래서 해와 달이 뜨고 진다는 것이었다. 님에게 중요한 것 은 힘이었다. 그래서 탑이 완성되면 자신의 힘이 더욱 커질 것 이라고 기대하고 있었다.

도르는 귀를 기울였지만 님이 구름을 휘몰아치게 하는 모 습은 상상할 수 없었다. 그가 그럴 수 있을까? 대화가 끝나자 님이 막대를 하나 집었다.

"이건 가져가겠네." 그가 말했다.

"어, 잠깐만요."

님이 막대를 가슴으로 가져갔다.

"새로 만들게. 그리고 탑으로 가져오게."

도르가 고개를 숙였다.

"저는 탑 쌓는 일을 도울 수 없습니다."

님이 이를 갈았다.

"왜 안 하겠다는 거지?"

"제 일이 있습니다."

"그릇에 구멍을 내는 거?" 님이 웃었다.

"제겐 그 이상의 의미가 있습니다."

"다시 부탁하지 않겠네."

도르는 아무 말도 하지 않았다.

"마음대로 하게. 그렇지만 자네는 내 나라에서 떠나야 하네."

"떠나요?"

"그래."

"어디로요?"

"내 알 바가 아니지."

님이 막대에 새겨진 무늬를 살펴보았다.

"하지만 될 수 있는 한 멀리 가게. 아니면 내 부하들이 자네를 탑으로 잡아들일 테니까. 그들은 다른 사람들도 모두 탑으로 잡아들일 거야."

그는 측량 기구들 옆을 지나다가 작은 구멍이 뚫린 그릇을 들어 뒤집어보더니 고개를 흔들며 말을 이었다.

"우리의 어린 시절을 절대 잊지 않겠네. 하지만 우리가 다시 만나지는 못할 거야."

8

세라 레몬의 시간이 줄어들고 있다.

저녁 7시 25분. 마침내 세탁기에서 찾아낸 검은 청바지는 건조기에서 돌아가고 있다. 그녀는 엉망으로 뻗친 머리카락을 잘라버리고 싶다. 엄마는 두 번이나 방으로 올라와서 화장에 대해 이러쿵저러쿵했다. 두 번째에는 와인 잔까지 들고 왔다.

"알았어, 엄마, 알았다고." 그녀를 떠밀듯이 내보냈다.

세라는 마침내 산딸기 색 티셔츠와 검은 청바지, 굽이 있는 검은 부츠를 골랐다. 굽이 그녀를 조금이라도 날씬하게 보이기를 바라면서……

8시 30분에 편의점에서 소년과 만나 뭔가를 먹거나 어딘가로 갈 것이다. 그가 원하는 거라면 뭐든 좋다.

지금까지 그들은 토요일 아침에만 만났다. 세라가 데이트하자는 눈치를 몇 번이나 주자 지난주에 마침내 그가 말했다.

"응, 좋아, 금요일이 괜찮겠어."

이제 드디어 금요일이 되었다. 세라는 소름이 돋는 것을 느낀다. 멋지게 생기고 인기 많은 소년과 데이트하는 것은 처음이다. 그와 함께일 때 시간이 더디게 흐르기를 바라지만 오히려 순식간에 흘러버릴 것만 같다.

그녀는 한 번 더 거울을 본다.

"악, 내 머리!"

빅토르 들라몽트는 남은 시간이 얼마 없다.

저녁 7시 25분. 미국 동부의 사무실은 문을 닫을 시각이지만 서부는 아직 아니다.

그는 수화기를 든다. 아직 일하고 있을 서부 지역으로 전화를 건다. 그는 연구소로 연결해달라고 한다. 기다리는 동안 책장의 책들을 쳐다보며 머릿속으로 정리한다. 읽은 것, 읽지 않은 것, 읽은 것, 읽지 않은 것……

의사가 그에게 남았다던 시간을 모조리 쓰더라도 이 방에 읽지 못한 책들은 남을 것이다. 인정할 수 없다. 그는 엄청난 부자다. 서둘러 뭔가를 해야 한다. 수화기에서 여자의 목소리가 들린다.

"연구소입니다."

"빅토르요."

"들라몽트 씨, 무엇을 도와드릴까요?"

그는 그레이스가 주문한 휠체어를 떠올린다. 그는 그렇게 쉽게 포기하지 않을 것이다.

"당장 해주었으면 하는 중요한 일이 있소. 무엇이든 찾게 된다면 알려주시오."

"알겠습니다."

"주제가 뭐죠?" 연구원이 자판을 두드리며 묻는다.

"불멸이오."

9

님이 찾아온 날 저녁 무렵 도르와 앨리는 일몰을 보기 위해 언덕에 올랐다.

거의 매일 둘은 어린 시절을 회상하며 일몰을 바라본다. 도르는 지금도 몇 개의 측정 그릇을 들고 있다. 언덕에 앉아 앨리에게 님이 찾아와서 있었던 오늘 일에 대해 말했다. 그녀는 울기 시작한다.

"하지만 어디로 가지?" 그녀가 말했다.

"우리 집이고 우리 가족이잖아. 이제 어떻게 살아?"

도르가 고개를 숙였다.

"내가 저 탑에서 노예로 살기를 바라?"

"아니."

"그러면 방법이 없어."

그는 그녀의 눈물을 닦아주었다.

"무서워." 그녀가 속삭였다.

앨리는 도르를 끌어 안고 어깨에 머리를 기댔다. 그녀는 매일 밤 그렇게 그를 안아주었다. 대부분의 사랑 표현이 그렇듯이 이 작은 행동은 커다란 힘을 지녔다. 도르는 그녀가 안아줄 때마다 담요에 감싸인 듯이 평온이 밀려드는 것을 느꼈다. 세상 어느 누구도 그녀처럼 자신을 사랑하거나 이해하지 못하리라는 사실을 깨닫는다. 앨리의 길고 검은 머리카락에 얼굴을 파묻고 숨을 쉬었다. 도르는 앨리와 있을 때만 그렇게 숨 쉴 수 있었다.

"지켜줄게." 그가 약속했다.

그들은 지평선을 바라보며 한참 동안 앉아 있었다.

"봐봐." 앨리가 속삭였다.

그녀는 주황색, 부드러운 분홍색, 크랜베리 색깔들로 물든 일몰의 빛깔을 좋아했다.

도르가 일어섰다.

"어디 가?" 앨리가 물었다.

"할 일이 있어."

"그냥 여기 있어줘."

하지만 도르는 바위들 쪽으로 갔다. 그는 작은 그릇에 물을 붓고 그 아래에 더 큰 그릇을 놓았다. 님이 조롱했던 위쪽 그릇의 구멍을 막아두었던 진흙 조각을 빼자 물이 조용히 한 방울씩 떨어지기 시작했다.

"도르?" 앨리가 속삭였다.

그는 고개를 들지 않았다.

"도르?"

그녀는 팔로 두 무릎을 감쌌다. 저것들이 뭐가 될까? 그녀는 생각했다. 저것들은 어떻게 될까? 그녀는 고개를 숙이고 눈을 꼭 감았다.

누군가 역사를 기록하고 있었다면 세계 최초의 시계가 발명되는 순간, 그는 정신없이 숫자를 셋고 그의 아내는 홀로 조용히 울었다고 썼을 것이다.

도르와 앨리는 그날 밤을 언덕에서 보냈다.

그녀는 잠이 들었다. 하지만 그는 해가 뜰 때까지 졸음과 싸우며 깨어 있었다. 하늘이 밤의 어둠에서 진한 자줏빛으로 바뀌고 다시 부드러운 푸른빛으로 바뀌는 것을 지켜보았다. 잠시 후 황금빛 눈동자처럼 지평선 위로 둥근 태양이 불쑥 솟아오르면서 쏟아지는 햇빛에 모든 것이 하얘졌다.

그가 더 현명했다면 일출의 아름다움에 감탄하며 그 광경을 지켜볼 수 있음에 감사했을 것이다. 하지만 도르는 하루의 경이로운 기적이 아니라 그 길이를 재는 데 몰두했다. 해가 뜨는 동안 아래쪽 그릇을 위쪽 그릇에서 떼어내고는 뾰족한 돌을 들어 물의 높이에 V자를 표시했다.

'해가 졌다가 다시 뜰 때까지 이만큼의 물이 모였군.'

그는 결론 내렸다. 이제 누구도 태양의 신에게 다시 돌아오라고 밤마다 기도할 필요가 없었다. 물시계의 높이가 올라가는 것을 보면 여명이 곧 다가오리란 것을 알 수 있었다.

님은 틀렸다. 낮과 밤의 신성한 전투는 없었다. 도르는 하나의 그릇에 그 둘의 사이를 잡아두었다.

그릇에 담긴 물을 버렸다.

신이 이 모습을 지켜보았다.

IO

세라는 초조하다.

그녀는 검은 청바지를 입고 급하게 계단을 내려간다. 갑작스러운 두려움이 밀려드는 것을 느낀다.

2년 전의 어느 날 밤이었다. 고등학교의 댄스파티, 그녀가 데이트했던 몇 안 되는 밤이었다. 파트너는 수학 수업을 같이 듣던 아이였는데 손은 축축했고 입에서는 프레첼 냄새가 났다. 그는 인사도 없이 친구들과 가버렸다. 세라는 하는 수 없이 엄마에게 데리러 오라고 전화를 걸었다.

이번은 달라, 그녀는 중얼거렸다. 그때는 이상한 아이였어. 이번에는 열여덟 살의 인기 있는 소년이잖아. 어느 여자아이라도 그를 원할 거야. 그의 사진을 봐! 그가 만나주다니!

"언제 올 거니?"

로레인이 소파에서 올려다보며 묻는다. 그녀의 와인잔은 거의 비어 있다.

"금요일이잖아, 엄마."

"그냥 물어보는 거야."

"몰라, 됐어?"

로레인이 관자놀이를 문지른다.

"난 네 적이 아냐."

"엄마더러 적이라고 말하지 않았는데."

세라는 휴대전화를 들여다본다. 늦지 않을지도 모른다.

8시 30분! 8시 30분!

그녀는 벽장에서 코트를 잡아챈다.

빅토르는 다급하다.

그는 손가락으로 책상을 두드리며 연구소의 연락을 기다린다. 그레이스의 목소리가 인터컴으로 들려온다.

"배고파요?"

"어, 조금."

"수프를 좀 가져갈까요?"

빅토르는 창문을 내다본다. 그들에게는 뉴욕의 이 펜트하우스를 포함해서 모두 다섯 채의 집이 있다. 다른 네 채는 캘리포니아, 하와이, 햄프턴, 그리고 런던 중심부에 있다. 암 진단을 받은 후 그는 다른 집에는 가지 않았다.

"수프가 좋겠군."

"가져다줄게요."

"고마워."

그녀는 빅토르가 아프자 더 친절해지고 상냥해지고 참을성이 많아졌다. 그들은 결혼한 지 44년이 되었지만 지난 10년간은 룸메이트처럼 지냈다.

빅토르가 연구소 일이 어떻게 되어가는지 알아보기 위해 전화기를 든다. 하지만 그레이스가 수프를 들고 들어오자 전화기를 내려놓는다.

II

도르와 앨리는 얼마 되지 않는 짐을 당나귀 등에 싣고 고원으로 떠났다.

아이들은 할아버지, 할머니의 집에서 지내는 편이 더 안전할 것 같았다. 앨리는 가슴이 아팠다. 그녀는 아이들을 한 번 더 안아주기 위해 두 번이나 도르의 발걸음을 돌리게 했다. 큰딸이 "이제 내가 엄마야?"라고 묻자 앨리는 바닥에 주저앉아 흐느꼈다.

멀고 먼 곳으로 가서 갈대로 엮은 작은 집을 지었다. 바람에도 비에도 너무 약했다. 아무 연고 없이 부부는 서로에게 의지했다. 그들은 무엇이든 경작했다. 양 떼와 염소 한 마리를 쳤고, 위대한 강의 지류에서 길러온 물을 먹였다.

도르는 뼈와 막대로 해와 달과 별들의 변화를 계속 쟀다.

그래야만 뭔가 하는 것 같았다. 앨리는 말이 없어졌다. 어느 날 도르는 그녀가 아들의 강보를 끌어안고 바닥을 빤히 쳐다보는 것을 보았다.

때때로 도르의 아버지가 먹을 것을 가져오기도 했다. 그때마다 님의 탑에 대한 소식을 들려주었다. 탑이 얼마나 높아졌는지, 전나무로 어떻게 벽돌을 만들었는지, 수메르의 분수에서 어떻게 진흙 모르타르를 캐냈는지…….

님은 탑의 꼭대기에 올라가 하늘로 화살을 쏘고는 피문은 화살촉이 땅으로 떨어졌다고 공표했다. 사람들은 그가 화살로 신을 맞혔다고 믿으며 절을 했다. 곧 님과 그의 전사들이 구름 위 올라가 신을 무찌르고 저 위에서 세상을 다스릴 것이다.

"그는 위대하고 강력한 왕이야." 도르의 아버지가 말했다.

도르가 고개를 숙였다. 그들이 이곳으로 쫓겨난 이유는 님 때문이었다. 그가 매일 아침 아이들을 안아줄 수 없는 이유도 그 때문이다. 도르는 셋이서 언덕으로 달려 올라가던 어린 시절을 생각했다. 님은 그에게 또 다른 남자였지만 사실은 여전히 가장 강한 사람이 되고 싶어 하는 소년일 뿐이었다.

"먹을 것을 가져다주셔서 감사합니다. 아버지." 도르가 말했다.

12

손님들이 찾아왔다.

앨리가 일어섰다. 지긋한 나이의 남녀가 걸어오고 있었다. 도르가 추방당하고 나서 수없이 달이 이울었다. 현재의 달력으로는 3년이 넘는 시간이었다. 앨리는 누구라도 그들을 찾아오는 것이 기뻤다. 착한 앨리는 두 사람에게 얼마 남지 않은 물과 음식을 주었다.

도르는 친절한 아내가 자랑스러웠다. 하지만 그 손님들이 건강해 보이지 않아 걱정스러웠다. 그들의 눈은 충혈되었고 눈물과 눈곱이 고여 있었다. 피부에는 거무튀튀한 반점들이 있었다. 도르는 앨리에게 경고했다.

"가까이 가지는 마. 병이 옮을지도 모르니까."

"외롭고 가난한 사람들이야." 그녀가 대들었다.

"지금 그들을 도울 수 있는 사람은 우리밖에 없어. 자비를 베풀어야 해."

앨리는 손님들에게 보리빵과 염소의 젖을 주었다. 그녀는 그들이 들려주는 이야기에 귀를 기울였다. 그들 역시 마을에서 쫓겨났다. 사람들은 그들의 검은 반점을 보고 저주받았다고 두려워했다. 그들은 염소 가죽으로 만든 천막에서 방랑자로 살았다. 음식과 물을 찾아 떠돌면서 죽을 날만 기다렸다.

나이 든 여자는 이 말을 하고 울었다. 앨리도 함께 울었다. 앨리는 살던 곳을 잃어버린다는 것이 어떤 슬픔인지 알고 있었다. 그 여자가 젖을 마실 수 있게 작은 컵을 들어주었다.

"고마워요." 그녀가 속삭였다.

"마셔요." 앨리가 말했다.

"이렇게 친절을 베풀다니……."

그녀가 주름진 두 손을 떨며 팔을 뻗어 앨리를 끌어안았다. 앨리가 그 품으로 파고들면서 뺨을 비볐다. 그 여자의 눈물과 자신의 눈물이 섞이는 것을 느꼈다.

"마음 편히 가지세요." 앨리가 말했다.

그들이 떠날 무렵 앨리는 남은 보리빵을 모조리 담은 가죽 주머니를 여자에게 슬쩍 찔러주었다.

도르는 물시계 그릇을 보고 해가 사라지기까지 손톱만큼의 길이가 남았음을 알았다.

13

1년을 측정하기 전에 하루를 측정한다.

도르는 하루를 측정하기 전에 하늘의 달을 관측했다. 보름달, 반달, 초승달, 그믐달, 사라진 달. 도르는 고원으로 추방되고 나서 이 일을 해냈다. 매일 똑같아 보이는 해와 다르게 달은 도르에게 측정해야 할 뭔가를 주었다. 그는 어떤 유형이 보일 때까지 점토판에 구멍들을 새겼다. 그 패턴은 나중에 '한 달'이라 불리게 된다.

도르는 보름달이 뜰 때마다 돌을 하나씩 놓았다. 보름달 사이에 변화하는 달들을 점토판에 새겼다. 그렇게 첫 번째 달력이 만들어졌다.

그리고 하루하루에는 모두 숫자가 매겨졌다.

세 번째 돌에 다섯 번째 표시가 된 날, 그는 앨리의 기침 소리를 들었다.

곧 그녀의 기침이 심해졌다. 기침이 나지막하게 터져 나오고 그녀의 고개가 앞으로 숙여졌다.

처음에 그녀는 갈대집 안에서 집안일을 하며 평소처럼 지냈다. 하지만 그녀는 점점 쇠약해지더니 어느 날 식사를 준비하다가 쓰러졌다. 도르는 그녀를 담요 위에 눕혔다. 그녀의 관자놀이에 땀이 구슬처럼 맺혔다. 빨간 눈에서는 눈물이 글썽였다. 도르는 그녀의 목에서 반점을 보았다.

그는 화가 났다. 앨리에게 분명히 손님들을 만지지 말라고 경고했다. 그러나 손님들은 결국 자신들의 저주를 그녀에게 옮기고 말았다. 그들이 오지 않았더라면 좋았을 것이라고 후회했다.

"어떡하죠?" 앨리가 물었다.

도르는 담요로 그녀의 이마를 살짝 닦아주었다. 그는 주술사 아수를 찾아야 한다고 생각했다. 아수라면 이 병을 고칠 수 있는 뿌리나 연고를 줄 수 있을 것이다. 하지만 도시는 너무 멀었다. 어떻게 그녀를 혼자 두고 떠날 수 있을까? 이 고원에는 그들뿐이었다.

"자." 도르가 속삭였다. "금방 나을 거야."

앨리는 고개를 끄덕이고 눈을 감았다. 그녀는 도르가 눈물을 감추는 것을 알아채지 못했다.

14

세라가 시간에게 말한다. "더 천천히 흘러라."

그녀는 머리카락이 갈색인 소년을 머릿속으로 그리며 문을 빠져나가 거리로 향한다. 그가 갑작스럽고 뜨거운 키스로 그녀를 맞는 모습을 상상한다.

그녀가 뒤를 돌아보자 엄마의 침실에 불이 켜진다. 걸음을 재촉한다. 엄마라면 창문을 열고 동네가 떠나가게 소리를 지를 수도 있다. 대부분의 10대 소녀들이 그렇듯이 세라는 엄마가 정말 당혹스럽다. 그녀는 말이 너무 많고 화장을 너무 진하게 한다.

로레인은 함께 살지 않는 전남편 험담을 늘어놓을 때가 아니면 세라에게 끊임없이 잔소리한다. 그들은 예전과 달리 최근에는 서로 이해하지 못한다. 세라는 남자아이들에 대해 로레인과 이야기하지 않는다.

세라는 '윙' 하는 소리를 듣는다. 그녀의 휴대전화가 울리는 소리다.

"더 빨리 흘러라." 빅토르가 시간에게 말한다.

불멸에 대한 조사를 요청한 후 한 시간이 지났다. 그는 신속한 답변이 오기를 초조하게 기다린다.

그의 주위 곳곳에서 시간이 똑딱이며 흐르고 있다. 책상에는 탁상시계가 놓여 있다. 컴퓨터 화면에도 깜박이며 시간이 가고 있다. 휴대전화, 프린터, 오디오, 디브이디에도 시간이 표시되어 있다. 벽에 걸린 나무판에는 그가 소유한 다른 회사의 주요 사무실들이 있는 뉴욕, 런던, 베이징의 시간을 알려주는 세 개의 시계가 걸려 있다. 그의 서재에는 모두 아홉 개의 시계가 있다.

전화벨이 울린다. 드디어 그가 전화를 받는다.

"여보세요."

"팩스를 보내고 있습니다."

"좋아."

그는 전화를 끊는다. 그레이스가 들어온다.

"누구였어요?"

"내일 회의 때문에." 그는 거짓말을 한다.

"가야 해요?"

"가면 어때서?"

"내 생각에는……."

그녀는 말을 멈추고 다만 고개를 끄덕인다. 그녀는 부엌으로 접시들을 가져간다.

팩스가 들어오는 소리가 들린다. 빅토르는 종이가 미끄러져 나오는 동안 팩스로 다가간다.

I5

도르는 아내 옆에 누웠다. 별들이 하늘 가득하다.

앨리는 며칠째 아무것도 먹지 못했다. 그녀는 심하게 땀을 흘렸고 걱정스럽게 힘겨운 숨소리를 냈다.

'제발 날 떠나지 마.'

도르는 앨리 없는 세상은 견딜 수 없었다. 자신이 아침부터 저녁까지 그녀에게 얼마나 의지하는지를 깨달았다. 그녀는 그의 유일한 대화 상대였다. 그를 미소 짓게 하는 유일한 사람이었다. 그녀는 소박한 식사가 준비되면 항상 그에게 먼저 주었다. 그들은 서로에게 기대어 함께 일몰을 보았다. 그녀를 안고 자는 것은 그에게 남은 인간과의 마지막 끈이었다.

그에게는 시간을 재는 기구들과 그녀뿐이었다. 그것이 삶 전부였다. 어린 시절부터 기억하는 한 늘 그랬다.

"죽고 싶지 않아." 그녀가 속삭였다.

"죽지 않을 거야."

"당신과 있고 싶어."

"함께 있을게."

그녀가 기침하며 피를 뱉어냈다. 그는 피를 닦았다.

"도르?"

"응?"

"신들에게 도와달라고 기도해봐."

도르는 아내의 부탁대로 밤을 새웠다.

그는 그렇게 간절히 기도한 적이 없었다. 예전에 그는 숫자와 척도를 믿었다. 하지만 이제 그는 해와 달을 다스리는 신들에게 모든 것을 멈추어달라고, 이 밤이 계속되게 해달라고 애원했다. 그렇게 되면 도르가 사랑하는 아내를 살리기 위해 주술사 아수를 찾아갈 시간이 있을 것이다.

그는 앞뒤로 몸을 흔들었다. 그는 눈을 꼭 감고 계속 속삭였다. 그래야 자신의 말이 더 간절해질 것 같았다.

"제발, 제발, 제발, 제발, 제발⋯⋯."

하지만 그가 눈꺼풀을 살짝 들어 올리자 두려워하던 것이 보였다. 지평선의 색깔이 변했던 것이다. 그릇의 눈금은 거의 아침에 가까워져 있었다. 그는 자신의 기구들이 정확하다는 것을 알고 있었다. 그는 자신의 기구들이 한 치의 오차도 없다는 사실이 싫었다. 도르는 자신이 알고 있는 지식들, 그리고 기도를 들어주지 않은 신들을 저주했다.

얼굴과 머리카락이 땀에 젖은 그는 아내 곁에 무릎을 꿇고 몸을 숙이고는 그녀와 뺨을 맞대었다.

"내가 고통을 멈추어줄게. 내가 모든 것을 멈추어줄게."

이렇게 속삭이는 동안 눈물이 그녀의 눈물과 섞였다.

도르는 해가 떴을 때 그녀를 깨울 수 없었다.

도르는 그녀의 어깨를 문지르고 그녀의 턱을 슬쩍 밀었다.

"앨리." 그가 속삭였다.

"앨리, 나의 아내, 눈을 떠."

그녀는 머리를 담요에 축 늘어뜨리고 약하게 숨을 내쉬며 꼼짝하지 않았다. 도르는 분노가 끓어오르는 것을 느꼈다. 그의 발끝에서 일어나기 시작한 원초적인 울부짖음이 폐를 꿰뚫고 솟아올랐다.

"아아아아아……."

울부짖음이 허공을 울렸다.

그는 최면에 걸린 사람처럼 천천히 일어섰다.

그리고 달리기 시작했다.

그는 아침 내내 달렸고 정오 내내 달렸다. 그는 폐가 화끈거리도록 달렸다. 그리고 마침내 보았다.

님의 탑이 보였다. 탑은 아주 높아서 꼭대기는 구름에 가려 있었다. 도르는 마지막 희망을 걸고 탑을 향해 달렸다. 그는 시간을 지켜보았고 측정했고 분석했다. 이제 그는 시간을 바꿀 수 있는 단 하나의 장소에 가기로 했다.

하늘.

그는 탑으로 올라가 신들이 하지 않은 일을 할 것이다.

도르는 시간을 멈출 것이다.

탑은 계단식 피라미드로 지어졌다. 계단은 님만 오를 수 있었다. 아무도 탑에 발을 들이지 않았다. 어떤 사람들은 그곳을 지나갈 때면 고개를 숙이기까지 했다. 도르가 탑에 도착했을 때 몇몇 보초들이 그를 보았지만 아무도 그가 하려는 행동을 예상하지 못했다.

보초들이 미처 붙잡기도 전에 도르는 왕을 위한 계단으로 튀어 올라갔다. 노예들이 당황해서 쳐다보았다. 저 사람은 누구지? 여기서 일하는 사람이야? 한 명이 다른 한 명에게 소리쳤다. 몇몇이 연장과 벽돌을 떨구었다.

하늘을 향한 경주가 시작되었다고 확신한 노예들은 엉겹결에 계단을 올라가기 시작했다. 보초들도 뒤따랐다. 탑 근처에 있던 평민들도 좇았다. 마치 탑을 오르는 경주가 권력을 거머

쥐는 기회라도 되는 것처럼 여겨졌다. 사람들의 권력욕은 전염성이 있어서 순식간에 수천 명이 탑을 타고 올랐다. 남의 것을 빼앗으려는 난폭한 사람들의 울부짖음과 커지는 함성이 점점 탑의 위쪽으로 올라갔다.

다음에 벌어지는 일은 논란의 여지가 있다.

역사를 따르면 바벨탑은 파괴되거나 버려졌다고 한다. 하지만 시간의 아버지가 될 남자는 다른 이야기를 들려줄 것이다. 그의 운명은 바로 그날 봉인되었기 때문이다.

사람들이 올라가는 동안 탑이 '우르릉' 거리기 시작했다. 벽돌의 색은 갑자기 퇴색해갔다. 순간 뇌성 같은 소리가 들려오더니 탑 아래쪽이 차츰 사라졌다. 탑 꼭대기는 화염으로 타올랐다. 탑 중간은 허공에 매달렸다. 한 번도 보지 못한 광경이었다. 하늘에 닿으려던 사람들은 나뭇가지에서 흩날리는 눈송이처럼 내던져졌다.

도르는 홀로 남을 때까지 계속 계단을 올라갔다. 그는 현기증과 고통을 무릅쓰고 올라갔다. 다리가 아프고 가슴이 죄어들어도 올라갔다. 그는 사방에서 몸뚱이들이 회오리치자 계단마다 멈추어 섰다. 언뜻언뜻 팔, 팔꿈치, 발, 머리카락이 보였다.

그날 수천 명이 탑에서 던져졌다. 그들의 혀는 수많은 언어로 갈라졌다. 님의 이기적인 계획은 그가 하늘로 화살을 쏘아

올리기 전에 파괴되었다.

　단 한 사람만이 안개 사이로 올라갔다. 그 한 사람만이 순간 겨드랑이를 붙잡힌 듯 들어 올려졌다. 그리고 깊고 어두운 어딘가, 아무도 알지 못하고 아무도 찾아내지 못할 어딘가의 바닥에 내려졌다.

.

16

곧 이런 일이 벌어질 것이다.

파도가 부서지기 시작하고 소년이 서프보드를 타고 솟아오른다. 그는 발가락에 힘을 주고 소용돌이로 나아간다. 파도가 얼어붙는다. 그도 얼어붙는다.

곧 이런 일이 벌어질 것이다.

미용사가 머리카락을 당기고 그 아래로 가위를 집어넣는다. 그녀가 가위질을 하자 작게 스윽 하는 소리가 난다.

　잘린 머리카락이 아래로 떨어지기 시작한다.

　떨어지던 머리카락이 허공에서 멈춘다.

곧 이런 일이 벌어질 것이다.

독일 뒤셀도르프 외곽에 있는 박물관. 경비원이 괴상한 관람객을 힐긋 바라본다. 그는 야위었고 머리카락은 길다. 그는 전시된 고대 시계들로 다가가더니 유리문을 연다.

"안 돼요, 손을 대면 안 됩니다. 제……."

경비원이 손가락을 흔들면서 경고한다. 하지만 이내 힘이 빠지고 정신이 몽롱해진다. 괴상한 남자는 시계를 모두 꺼내서 하나하나 살펴보고 분해하고 다시 맞춘다. 그는 몇 주가 걸릴 일을 순식간에 해치운다.

홀린 듯한 상태에서 빠져나온 경비원이 말을 마친다.

"……발."

하지만 이미 그 남자는 사라졌다.

동굴

"곧 인간은 모든 날을 세게 될 거야.
그리고 하루를 더 작은 조각, 더 작은 조각으로
나누어 셀 거고 결국 그렇게 세느라 자신을 소모하게 될 거야.
그리고 자기에게 주어진 세상의 경이는 잃어버리겠지."

17

도르는 동굴 안에서 깨어났다.

빛은 없지만 조금은 보였다. 발밑에는 바윗덩어리들이 있었고 머리 위에는 삐쭉삐쭉한 돌이 튀어나와 있었다.

그는 팔꿈치와 무릎을 손으로 문질렀다. 살아 있는 것일까? 어떻게 여기 왔을까? 그는 탑을 오를 때 끔찍한 고통을 겪었지만 이제 고통은 사라졌다. 숨을 쉬는 것도 힘들지 않았다. 가슴에 손을 대보았지만 거의 들썩이지 않았다.

그는 여기가 신들의 은신처가 아닐까 잠깐 생각하다가 이내 탑에서 던져지던 몸뚱이들과 녹아내리던 탑과 앨리에게 '내가 고통을 멈추어 줄게'라고 했던 약속을 떠올리고는 무릎을 꿇었다. 그는 실패했다. 시간을 되돌리지 못했다. 왜 그는 그녀를 떠나왔던가? 왜 그는 달렸던가?

그는 얼굴을 손바닥에 파묻고 흐느꼈다. 눈물이 손가락 사이로 쏟아졌다. 돌 바닥이 푸른색으로 바뀌었다.

도르는 얼마나 울었는지 모른다.

마침내 고개를 들었을 때 그의 앞에 누군가 앉아 있었다. 어린 시절 보았던 바로 그 노인이 황금빛 나무지팡이에 턱을 대고 있었다. 노인은 아버지가 잠자는 아들을 보듯 도르를 바라보고 있었다.

"네가 원하던 것이 힘이냐?" 노인이 물었다.

도르는 그런 목소리를 들어본 적이 없었다. 한 번도 내본 적이 없는 것 같은 조용하고 가벼운 목소리였다.

"제가 원한 것은 그저 해와 달을 멈추는 것이었습니다." 도르가 속삭였다.

"아." 노인이 말했다.

"그건 힘이 아니냐?"

노인이 지팡이로 도르의 샌들을 찌르자 샌들은 갈가리 흩어지면서 맨발이 드러났다.

"당신이 최고의 신입니까?" 도르가 물었다.

"나는 그분의 종일 뿐이다."

"저는 죽은 겁니까?"

"넌 죽음을 피했다."

"대신 여기서 죽으라고요?"

"아니. 이 동굴에서 자네는 전혀 나이를 먹지 않을 거야."

도르가 창피해하면서 고개를 돌렸다.

"난 그런 선물을 받을 자격이 없어요."

"선물이 아니야."

노인은 일어나서 지팡이를 잡았다.

"자네는 지상에서 지내는 동안 뭔가를 시작했다. 모든 사람의 미래를 바꾸게 될 뭔가를."

도르가 고개를 흔들었다.

"잘못 알고 계시네요. 난 추방된 보잘것없는 사람이에요."

"인간은 자기 힘을 잘 모르지." 노인이 말했다.

그가 땅을 두드렸다. 도르가 눈을 깜박였다. 그의 앞에 그 릇, 막대, 돌, 점토판 등이 놓여 있었다.

"이 중 하나를 내주었나?"

도르는 님이 가져간 막대를 떠올렸다.

"이 욕망은 일단 시작되면 끝나지 않아. 자네가 생각하는 것 이상으로 자라나지. 곧 인간은 모든 날을 세게 될 거야. 그 리고 하루를 더 작은 조각, 더 작은 조각으로 나누겠지. 결국 그렇게 세느라 자신을 소모하게 될 거야. 그리고 자기에게 주 어진 세상의 경이는 잃어버리겠지."

노인은 다시 지팡이를 두드렸다. 도르의 기구들은 먼지가 되었다.

노인이 눈을 가늘게 떴다.

"왜 낮과 밤을 쟀지?"

도르가 눈을 피했다.

"알기 위해서요."

"알기 위해?"

"네."

"그러면 자네는 시간에 대해 무엇을 알지?"

"시간이라고요?"

도르가 고개를 흔들었다. 그는 '시간'이라는 단어를 처음 들었다.
노인이 앙상한 손가락 하나를 펴더니 빙빙 돌렸다. 도르의 눈
물 자국들이 모여서 바위 바닥에 푸른 웅덩이를 만들었다.

"이제 자네가 알지 못하는 것을 배우게." 노인이 말했다.

"순간을 셈으로써 어떤 결과가 생기는지 알아보게."

"어떻게요?" 도르가 물었다.

"시간 때문에 생겨나는 사람들의 불행에 귀를 기울임으로
써 알 수 있네."

노인은 눈물 자국들에 손을 가져갔다. 눈물 자국들이 녹아
내리더니 빛나기 시작했고 가느다란 연기가 피어올랐다.

도르는 그 광경에 당황하고 압도되었다. 그는 오직 앨리와
함께 있고 싶었지만 그럴 수 없었다.

"제발, 죽게 해주세요. 살고 싶지 않아요."

노인이 일어섰다.

"자네 수명은 내 소관이 아니야. 그것도 배우게 될 거야."

두 손을 모은 노인은 소년만 해지고 아기만큼 작아지더니 곧 벌처럼 날아올랐다.

"잠깐만요." 도르가 소리쳤다.

"여기 얼마나 갇혀 있어야 하죠? 언제 다시 오실 거예요?"

쭈그러든 노인은 동굴 천장에 닿았다. 그는 바위를 쪼개 틈을 냈다. 그 틈에서 물 한 방울이 떨어졌다.

"하늘과 땅이 만나면." 노인이 말하고는 곧 사라졌다.

18

세라 레몬은 과학을 정말 잘했다.

그것이 그녀에게 정확히 어떠한 도움이 되었을까? 그녀는 종종 생각했다. 고등학교에서 중요한 것은 주로 외모에 기초한 인기였다. 세라는 거울에 비치는 자신의 모습이 싫었다. 그녀는 다른 사람도 자기만큼 싫어하리라고 생각했다. 미간이 넓은 두 눈, 윤기 없이 구불거리는 곱슬머리, 벌어진 이빨, 부모의 이혼 이후 찌기 시작해서 절대 빠지지 않는 늘어진 살.

하지만 엄마는 세라가 머리도 좋지만 몸도 건강하다고 생각했다. 심지어 엄마 친구 중 한 명은 그녀가 매력적인 여자가 될지도 모른다고 말했다. 그러나 세라는 그 말이 칭찬으로 들리지 않았다.

세라 레몬은 고등학교에서 보내는 마지막 해에 열일곱 살이었다. 그녀는 대부분의 또래 아이들에 비해 너무 똑똑하거나 너무 괴짜이거나 혹은 둘 다였다. 수업은 아무 재미가 없었다. 그녀는 따분함과 싸우기 위해 창가에 자리를 잡곤 했다. 종종 팔꿈치로 다른 사람들이 보지 못하게 가리고는 공책에 뿌루퉁한 자화상을 그리곤 했다.

세라는 혼자 점심을 먹고 혼자 집에 갔고 대부분의 저녁 시간을 집에서 엄마와 보냈다. 엄마 로레인이 '이혼녀 클럽'이라고 부르는 모임이 있어 외출하면 혼자 컴퓨터 앞에서 저녁을 먹었다.

그녀의 성적은 반에서 3등이었다. 그녀는 로레인이 보내줄 수 있는 유일한 학교인 근처의 주립대학에 입학원서를 내려고 했다. 바로 그 입학원서가 소년과 연결해주었다.

소년의 이름은 에단이었다.
졸린 듯한 눈에 숱이 많은 에단은 키가 크고 호리호리했다. 세라와 동갑인 그는 인기가 많아서 남녀 친구들에 둘러싸여 있었다. 에단은 육상팀에서 달리기도 했고 밴드에서 연주도 했다. 고등학교 생활을 천문학에 비유하면 세라는 결코 그의 궤도에 들어설 일이 없었다.

토요일마다 에단은 노숙자 쉼터에서 트럭의 짐을 내렸다. 세라도 대학을 지원하려면 영향력 있는 공동체 봉사 활동에 대한 체험 수기가 필요했기 때문에 같은 노숙자 쉼터에서 일하고 있었다. 세라는 정직하게 수기를 쓰기 위해 봉사활동을 하기로 했고 쉼터도 그녀의 도움을 기쁘게 받아들였다.

사실 노숙자들 틈에 있기는 껄끄러웠기 때문에 대부분을 그릇에 오트밀을 담으며 부엌에서 지냈다. 오리털 점퍼를 입고 아이폰을 든 평범한 소녀. 그녀가 노숙자들 사이에서 무슨 말을 할 수 있을까?

그렇게 난처한 때 에단이 나타났다. 세라는 첫날 트럭 옆에 있던 그를 알아보았다. 에단의 삼촌이 음식을 대주는 회사의 사장이었다. 에단 역시 자기 또래는 세라뿐이었기 때문에 얼른 알아보았다. 그는 부엌 조리대에 상자를 내려놓으며 "안녕, 잘 지내?"라고 말했다.

세라는 그 말을 기념품처럼 간직했다. '안녕, 잘 지내?'는 그녀에게 해준 첫 마디였다. 이제 그들은 매주 이야기한다. 한 번은 그녀가 선반에서 땅콩버터 크래커를 한 봉지 꺼내 그에게 건네자 "아니, 이 사람들 음식에는 손대기 싫어."라고 말했다. 그녀는 그 말이 사랑스러웠고 심지어 고귀하게 느껴졌다.

소녀가 소년에 대해 종종 그러듯이 세라는 에단을 자신의 운명이라고 생각했다. 고등학교에서 요구하는 남녀 학생들 간의 규율에서 벗어나자 세라는 더 자신감을 가졌고 더 당당해졌다. 사회적 메시지가 적힌 티셔츠 대신 좀 더 가슴이 파인 여성스러운 탑을 입고는 에단이 "오늘 멋진데, 레몬 에이드!"라고 말할 때마다 얼굴을 붉히곤 했다.

몇 주가 지나 대담해진 세라는 에단도 자신과 같은 감정을 느낄 것이라 믿게 되었다.

둘이 우연히 노숙자 쉼터에서 자원봉사를 하다가 만난 것은 운명이라고 믿게 되었다. 그녀는 『자디그』나 『연금술사』 같은 책에서 운명에 대해 읽고 여기서도 운명은 분명히 작동한다고 믿었다. 지난주에 그녀는 용기를 내서 에단에게 데이트를 언제 하겠냐고 물었고 그는 "응, 좋아. 금요일이 괜찮겠어."라고 대답했다.

드디어 금요일이었다.

8시 30분, 8시 30분! 그녀는 마음을 진정시키려고 했다. 그녀는 한 소년에게 너무 빠져서는 안 된다는 것을 알았다. 하지만 에단은 달랐다. 에단은 그녀의 규칙들을 깨뜨렸다.

그녀가 산딸기색 티셔츠와 검은 청바지에 힐을 신고 데이트 장소를 향해 두 블록쯤 걸었을 때 휴대전화가 울렸다. 문자 메시지였다.

그녀의 심장이 뛰었다.

그가 보낸 것이었다.

19

한 경제지의 발표에서 빅토르 들라몽트는 세계 14번째 부자였다.
기사에는 오래된 한 장의 사진이 실렸다. 사진 속의 빅토르는
한 손으로 턱을 괴어 늘어진 턱살을 밀어 올리고 불그레한 얼
굴에는 생각에 잠긴 미소를 짓고 있었다.

기사는 이 '짙은 눈썹의 입이 무거운 헤지펀드 거물'이 프랑
스 출신의 외아들로 자라 미국에 건너와 크게 성공한 이민 이
야기를 담고 있었다. 하지만 언론의 관심을 싫어해서 인터뷰
를 거절했기 때문에 다음과 같은 어린 시절 이야기는 많이 생
략되었다.

빅토르가 아홉 살일 때 배관공이었던 아버지는 해변의 술
집에서 싸움에 휘말려 살해되었다. 며칠 후 그의 어머니는 크
림 색깔의 잠옷만 입고 집을 나가 다리에서 뛰어내렸다. 일주

일도 안 되는 사이에 빅토르는 고아가 되었다.

그는 배에 실려 미국의 삼촌 집에 보내졌다. 겁이 많은 어린 빅토르가 유령이 없는 나라에서 자라는 편이 낫다고 모두 생각했던 것이다. 나중에 빅토르는 그 항해에서 자신만의 경영 철학을 터득한 것이라고 여기게 되었다.

긴 항해 중에 먹을 것은 할머니가 싸준 빵 세 덩이, 사과 네 개, 감자 여섯 개가 전부였다. 그런데 소중한 음식 자루를 불량소년들이 바다에 던져버렸다. 그날 밤 그는 잃어버린 모든 것이 서러워 울었다. 하지만 나중에 귀중한 교훈을 얻었다고 말했다. 뭔가에 매달리는 것은 마음을 아프게 할 뿐이라는 가르침이었다.

그는 무엇에도 애착을 갖지 않았다. 애착이 없을수록 재산은 늘어났다. 브루클린에서 고등학생 때 그는 여름에 아르바이트로 모은 돈으로 핀볼 기계를 두 대 사서 동네 술집에 놓았다. 8개월 후 기계들을 팔고 사탕 자판기를 세 대 샀다. 그는 다시 기계들을 팔고 담배 기계를 다섯 대 샀다. 그는 계속 사고팔아서 재투자했고 대학을 졸업할 무렵에는 자판기 회사를 갖게 되었다. 그는 곧 주유소를 사들이면서 석유 사업에 뛰어들었고 정유소를 수없이 사들여서 크게 부유해졌다.

처음으로 벌어들인 10만 달러를 자신을 길러준 삼촌에게 드리고 남은 돈을 모두 재투자했다. 그래서 위스콘신의 작은 은행부터 시작해서 자동차 가게, 부동산, 마침내 은행 몇 개를 더 손에 넣었다. 그의 포트폴리오는 순식간에 급성장했다.

빅토르는 자신의 사업 전략에 편승하고 싶어하는 사람들을 대상으로 펀드를 시작했다. 몇 년 만에 그의 펀드는 세계 최고가의 가장 인기 좋은 펀드 중 하나가 되었다.

1965년에 엘리베이터에서 그레이스를 만났다.

빅토르는 당시 마흔이었고 그레이스는 서른하나였다. 회사 경리였던 그레이스는 부팡 스타일의 연한 금발에 소박한 무늬의 드레스와 하얀 스웨터를 입고 진주 목걸이를 걸고 있었다. 예쁘고 단아했다. 빅토르는 마음에 들었다. 그는 엘리베이터 문이 닫히는 동안 고개를 끄덕였다. 그녀는 사장과 같이 엘리베이터를 탄 것에 당황하여 고개를 숙였다.

그는 사내 연락망으로 데이트를 신청했다. 둘은 회원제 클럽에서 저녁을 먹으며 몇 시간 동안 대화를 나눴다. 빅토르는 그레이스가 고등학교를 졸업하자마자 결혼했다는 사실을 알게 되었다. 그녀의 남편은 한국전쟁에서 전사했다. 그녀는 일에 파묻혀 살았다. 빅토르는 자신도 일에 파묻혀 살았다고 말했다.

둘은 리무진을 타고 강으로 가서 다리 아래를 거닐었다. 브루클린이 건너다 보이는 벤치에서 첫 번째 키스를 했다.

그들은 엘리베이터에서 우연히 마주치고 10개월 만에 400명의 하객 앞에서 결혼했다. 26명은 그레이스의 손님이었고 나머지는 빅토르의 동료였다.

결혼 초기에 그들은 아주 많은 것을 함께했다. 테니스를 치고 박물관에 가고 팜비치와 부에노스아이레스와 로마를 여행했다. 하지만 빅토르의 사업이 번창하면서 둘이 함께하는 시간은 점점 적어졌다. 그는 사업상 혼자 여행하면서 비행기에서 일했고 목적지에서는 더 많은 일을 했다. 그들은 테니스도 치지 않았다. 박물관 관람은 드물어졌다. 자식도 두지 않았다. 그레이스는 후회했다. 그녀는 몇 년 동안이나 빅토르에게 자식을 두지 않은 것이 후회스럽다고 말했다. 그래서 둘 사이에 대화도 줄어들었다.

이윽고 결혼 생활이 힘들게 느껴졌다. 그레이스는 빅토르가 모든 일에 조급해하고 사람들을 훈계하고 식탁에서 신문을 읽고 모임에서 거리낌 없이 사업상의 통화를 하는 것에 화가 났다. 그는 그녀의 사소한 잔소리와 꾸물대는 버릇을 비웃었다.

빅토르는 끊임없이 시계를 들여다보며 재촉했지만 그레이스는 한참 만에야 준비를 마치곤 했다. 그들은 아침마다 함께 커피를 마시고 저녁에는 가끔 레스토랑에 갔다. 하지만 세월이 흐르고 여러 채의 집과 전용기가 생기는 동안 그들이 함께하는 삶은 점점 더 의무처럼 느껴졌다. 그레이스는 아내 역할을 연기했고 빅토르는 남편 역할을 연기했다. 최근까지 빅토르의 모든 일이 어두운 그림자 뒤로 사라져버릴 때까지…….

죽음.

그것을 피하는 방법은 과연 있을까.

빅토르는 86번째 생일이 지나고 나흘 후에 뉴욕 어느 병원의 종양 전문의를 찾아갔다.

의사는 간 근처에 골프공 크기의 종양이 있음을 알려주었다.

빅토르는 모든 치료법을 알아보았다. 건강이 자신의 성공을 망칠까 봐 걱정하며 돈을 아끼지 않고 치료법을 찾았다. 그는 전용기를 타고 전문가들을 찾아갔고 건강 자문단도 두었다. 그럼에도 거의 1년이 지나도록 결과는 나아지지 않았다. 그날 일찍 빅토르와 그레이스는 주치의를 찾아갔다. 그레이스는 질문하려고 했지만 말문이 막혔다.

빅토르가 간신히 말했다.

"아내가 의사 선생님께 물어보고 싶은 것은……, 제게 시간이 얼마나 남았습니까?"

"길어야 두 달입니다." 의사가 대답했다.

죽음이 다가오고 있었다. 하지만 더욱 놀라운 일이 죽음 앞에서 기다리고 있었다.

20

첫 번째 목소리가 말했다. "더 길게."

"거기 누구 있어요?" 도르가 소리를 질렀다.

그는 노인이 떠난 후 동굴을 빠져나가려고 했다. 그는 탈출구를 찾으려고 석회석 벽을 내리쳤다.

그가 눈물 웅덩이로 몸을 숙이자 웅덩이 아래에서 100만 개의 숨결이 한꺼번에 뿜어 나온 것처럼 거센 바람이 몸을 밀쳐냈다.

어떤 목소리가 들렸다.

"더 길게."

웅덩이 표면에는 몇 가닥의 하얀 연기와 청록색의 빛만이 보였다.

"나와!"

아무것도 나타나지 않았다.

"대답해!"

그때 갑자기 똑같은 일이 다시 벌어졌다. 간신히 들릴 정도로 중얼대는 부드러운 기도가 동굴에 점점 울려 퍼졌다.

"더 길게."

뭘 더 길게? 도르는 궁금했다. 그는 바닥에 쪼그리고 앉아 홀로 자라온 사람처럼 또 다른 사람의 목소리를 애타게 갈망하며 눈부시게 맑은 물을 응시했다.

마침내 두 번째로 여자의 목소리가 들려왔다. "더."
세 번째로 들려온 어린 소년의 목소리도 같은 말을 했다. 네 번째는 더 빠르게 들려왔다. 태양에 대해 말했고 다섯 번째는 달에 대해 말했다. 여섯 번째는 "더, 더"라고 반복해서 속삭였고 일곱 번째는 "하루만 더"라고 말했고 여덟 번째는 "계속"이라고 애원했다.

도르는 그의 머리카락만큼이나 마구 자란 수염을 문질렀다. 갇혀 있었지만 몸은 멀쩡했다. 먹지 않아도 배고프지 않았고 자지 않아도 졸리지 않았다. 도르는 동굴 안을 걸어 다니거나 바위틈에서 천천히 떨어지는 물로 손가락을 적실 수 있었다.

그는 반짝이는 웅덩이에서 들려오는 목소리들에서 벗어날 수 없었다. 그가 두 손으로 귀를 막으면 그 목소리들은 더 크게 들려왔다. 낮, 밤, 태양, 달, 마침내는 몇 시간, 몇 달, 몇 년의 시간을 더 바라는 애절한 기도들이……

도르는 그렇게 형벌을 받고 있었다.

바로 그가 처음으로 알아낸 그것, 인간을 존재의 빛으로부터 더 멀리, 강박의 어둠으로 더 깊이 밀어내는 그것을 더 많이 갖고 싶어 하는 사람들의 애원에 귀를 기울여야 하는 형벌.

　그것은 바로 시간이었다.

　시간은 그를 제외한 모두에게 너무나 빨리 흘러가는 것 같았다.

21

세라는 약속 장소로 가다가 에단이 보낸 문자 메시지를 읽는다.
심장이 풀썩, 내려앉았다.

"오늘 밤에 일이 생겼어. 다음 주에 만날까? 괜찮지?"

그녀의 무릎이 줄이 풀린 꼭두각시처럼 꺾였다.

"안 돼!" 마음속으로 비명을 질렀다.

"다음 주는 안 돼. 지금 만나기로 해놓고! 이렇게 화장까지
다 했는데!"

그의 마음을 바꾸고 싶었다. 하지만 문자는 답장을 요구하
고 있었고 답장을 늦게 보내면 화났다고 생각할지 몰랐다.

그래서 그녀는 '안 돼!'라고 말하는 대신 이렇게 문자를 두
드렸다.

'괜찮아.' 그녀는 덧붙였다. '쉼터에서 보자.' 그리고 이 말도

썼다. '재미있게 지내.'

그녀는 전송 버튼을 누르고 시간을 보았다.

8시 22분이었다.

세라는 신호등에 기대 자기 잘못이 아니라고, 자기가 너무 괴상하거나 너무 뚱뚱하고 수다스러워 도망간 것이 아니라고 스스로 타일렀다. 그는 공교롭게도 뭔가 할 일이 생겼을 뿐이다. 그렇지?

이제 뭐 하지? 그녀는 생각했다. 이제 남은 밤의 시간은 텅 빈 구덩이 같았다. 엄마가 깨어 있는 동안은 집으로 갈 수도 없었다. 힐까지 챙겨 신고 단 5분 동안 외출한 이유를 설명할 수 없었다.

그래서 근처의 커피숍으로 가서 캐러멜 마키아토와 시나몬 빵을 샀다. 그녀는 커피숍 안쪽에 앉았다.

"8시 22분?" 그녀는 중얼거렸다.

"괜찮아!"

하지만 그녀는 이미 마음속으로 다음 주까지의 남은 날짜를 세고 있었다.

22

빅토르는 항상 문제를 간파하고 취약점을 찾아내서 해결할 수 있었다.

쓰러져가는 회사들, 규제 완화, 시장 동향, 예외 없이 숨겨진 열쇠가 있었다. 다른 사람들은 그걸 쉽게 놓쳤다.

그는 죽음도 똑같이 접근했다.

처음에는 수술, 방사선 치료, 화학 치료 같은 관습적인 수단으로 암과 싸웠다. 하지만 그는 점점 약해졌고 구토까지 했다. 이런 치료들은 종양을 억제하기는 했지만 신장까지 약화시켰다. 일주일에 사흘은 투석해야 했다.

그는 비서인 로저를 내내 옆에 두고 메시지를 받아 적게 하거나 업무를 보고받으며 투석을 견뎌냈다. 업무 시간의 단 1분도 허투루 보내지 않았다. 그는 끊임없이 시계를 들여다보며 '자, 어서, 어서'라고 중얼거렸다. 그는 이렇게 꼼짝도 못 하는 것을 견딜 수 없었다. 핏속의 노폐물을 제거하기 위해 기계에 매달려 연명하는 삶이 무슨 의미가 있을까?

그는 더 견딜 수 없을 때까지 버텼다. 빅토르 같은 사람들은 결론부터 찾는다. 그리고 1년 후에 결론을 내렸다.

그가 절대로 이길 수 없다는 것!

말기 암에 걸린 아주 많은 사람이 일반적으로 시도하기는 했다. 바로 기적을 바라는 것이다. 그러나 기적은 그에게 지는 도박일 뿐이다.

빅토르는 지는 도박은 하지 않는다.

그는 병에서 눈을 돌려 시간에 집중했다. 그를 가두는 시간이 진짜 문제였기 때문이다.

부와 권력을 가진 다른 사람들처럼 빅토르는 자신이 없는 세상은 상상할 수 없었다. 그는 살아야 한다는 의무감을 느꼈다. 암에 걸린 것은 인생의 실패였다. 그러나 진짜 장애물은 반드시 죽어야 하는 인간의 운명이었다.

어떻게 이 운명을 해결할 수 있을까?

서부 해안에 있는 그의 사무실에서 '불멸'이라는 의뢰에 응답해 인체냉동보존술에 대한 자료를 팩스로 보내왔을 때 마침내 기회를 찾아냈다. 인체냉동보존술은 나중에 사람을 소생시키기 위해 냉동시켜 인체를 보존하는 것이다.

빅토르는 팩스 문서를 훑어보고 몇 달 만에 처음으로 만족스럽게 숨을 내쉬었다.

그는 죽음을 이길 수는 없었다.

하지만 죽음보다 오래 살아남을 것이다.

23

목소리의 웅덩이는 도르의 눈물로 만들어졌다. 하지만 그는 그저 첫 번째로 눈물을 흘린 사람일 뿐이었다.

인류가 시간에 점점 더 사로잡히면서 잃어버린 시간에 대한 슬픔은 인간의 마음에 뚫린 영원한 구멍으로 남았다. 사람들은 놓쳐버린 기회들, 허송한 날들을 안타까워했다. 그들은 얼마나 살지를 끊임없이 걱정했다. 삶의 순간들을 세면서 필연적으로 그들의 시간은 줄어들었다.

곧 모든 나라 모든 언어에서 시간은 가장 소중한 자원이 되었다. 그리고 시간을 더 많이 가지려는 욕망이 도르의 동굴에 끝없이 울려 퍼졌다.

병든 어머니의 손을 잡은 딸, 일몰을 박차고 나가는 기수, 뒤늦게 추수하는 농부, 산더미 같은 숙제를 해치우는 학생도 더 많은 시간을 원했다.

숙취에 시달리며 알람을 찰싹 때리는 남자, 보고서에 파묻힌 지친 회사원, 고객들의 짜증을 참아내며 자동차 보닛 아래 들어간 정비공도 더 많은 시간을 원했다.

도르가 들은 모든 목소리, 각다귀처럼 둘러싼 수백만 개의 목소리가 그를 질식시켰다. 세상 사람들이 하나의 언어로 말할 때부터 살았기 때문에 수많은 언어로 된 그 목소리들을 모두 알아들을 수 있었다. 그는 순전히 그 목소리들만으로 지구가 아주 붐비는 곳이 되었다는 사실과 인류가 사냥이나 토목보다 훨씬 많은 일을 한다는 사실을 알아차렸다. 인류는 일하고 여행하고 전쟁하고 절망했다.

그리고 인류에게 시간은 충분하지 않았다. 인류는 시간을 늘려달라고 하늘에 빌었다. 욕망은 끝이 없었다. 탄원은 절대 멈추지 않았다.

서서히 예전에 자신이 열중했던 그 일을 후회할 때까지……

도르는 고통스러운 형벌의 목적을 이해하지 못했다. 그는 자신의 손가락을 세던 과거를 저주했다. 그릇과 막대들을 저주했다. 앨리의 목소리에 귀를 기울이며 그녀와 머리를 맞댈 수 있었지만 그러지 못했던 지난 모든 순간을 저주했다.

도르는 다른 사람들은 죽음으로 자신의 운명과 마주하지만 자신은 영원히 살아야 한다는 이 사실을 저주했다.

사이

도르는 늙지 않고 숨도 쉬지 않고 존재할 수 있었다.
하지만 그의 내면은 망가졌다. 나이를 먹지 않는 것은 살아 있는
것이 아니었다. 사람과 만남이 끊어지자 영혼은 말라 갔다.

24

다음 날 아침 세라는 에단을 만나도 아무렇지 않았다.

아니, 그런 척하려고 했다. 노숙자 쉼터에서 만난 그는 모자 달린 운동복과 찢어진 청바지에 나이키를 신고 있었다. 조리대에 파스타와 사과 주스 상자를 내려놓았다.

"잘 지냈어, 레몬 에이드?"

"그럭저럭." 그녀가 오트밀을 뜨면서 말했다.

그녀는 약속을 취소한 이유를 찾기 위해 그가 상자를 여는 모습을 몇 번이나 훔쳐보았다. 그가 먼저 이야기를 꺼내기 바랐지만 평소처럼 별말 없이 식료품을 나르며 록 음악을 휘파람으로 불었다. 절대로 그녀가 먼저 약속을 어긴 이유를 묻지는 않을 것이다.

"멋진 노래네." 그녀가 말했다.

"맞아."

그는 다시 휘파람을 불기 시작했다.

"그런데 지난밤에 무슨 일이 있었어?"

아, 맙소사. 방금 뭐라고 한 거야? 멍청이, 멍청이!

"내 말은, 괜찮다고." 세라는 뭔가를 덧붙이려 했다.

"그래, 미안해."

"무슨 일이."

"응, 타이밍이 좋지 않아서."

"아냐, 괜찮아."

"그래."

그는 빈 상자를 구겨서 커다란 쓰레기통에 넣으며 말했다.

"너는 언제든 괜찮네."

"그래."

"다음 주에 보자, 레몬 에이드."

에단은 평소처럼 주머니에 손을 넣고 껑충거리며 밖으로 나갔다. 끝난 거야? 그녀는 생각했다. 다음 주가 무슨 의미지? 다음 주 금요일 저녁? 아니면 다음 주 토요일 아침? 왜 물어보지 않았을까? 왜 항상 먼저 물어보아야 할까?

파란 컵을 든 노숙자가 창문으로 걸어오더니 오트밀을 받았다.

"바나나, 더 있니?" 그가 물었다.

세라가 그릇에 바나나를 담아주자 "고맙다."고 했다. 그녀는

"아니에요."라고 중얼거리고는 종이 수건으로 에단이 꺼내놓은 마지막 사과 주스 병을 닦았다. 뚜껑이 벌어져 사방에 주스가 흘러 있었다.

25

"저것들인가요?" 빅토르가 손가락으로 가리켰다.

"네."

인체냉동보존 시설을 운영하는 그의 이름은 제드였다.

빅토르는 섬유 유리로 만들어진 거대하고 둥근 통들을 응시했다. 높이가 3.5미터나 되는 통들은 하루 묵은 눈 색깔이었다.

"통 하나에 몇 명이 들어가 있죠?"

"여섯 명이오."

"그들은 냉동되어 있나요?"

"네."

"어떤……, 자세로요?"

"물구나무 자세로요."

"왜죠?"

"통 위쪽에 문제가 생겼을 때 머리를 보호해야 하거든요."

빅토르는 지팡이를 움켜쥐고는 아무렇지 않은 척했다. 우아한 로비와 초고층 사무실에 익숙한 그는 이곳이 넌더리났다. 별 특징 없는 뉴욕 교외의 산업 단지에 자리 잡은 그곳은 단층짜리 벽돌 건물로 한쪽에 하역장이 있었다.

건물 안도 똑같이 별 특징이 없었다. 앞쪽에는 여러 개의 작은 방들과 인체를 냉동시키는 연구실도 있었다. 커다란 창고에는 하나당 여섯 명이 들어가는 통들이 나란히 서 있었다. 마치 리놀륨을 깐 실내 묘지 같았다.

빅토르는 보고서를 받은 바로 다음 날 이곳을 방문했다. 그는 수면제를 먹지 않고 배와 등의 통증을 참아가며 밤을 새웠다. 그는 보내온 모든 자료를 두 번씩 읽었다. 1972년에 최초로 사람을 극저온으로 냉동했으니 비교적 새로운 과학 기술이었지만 인체냉동보존술의 방법은 설득력이 있었다. 죽은 사람의 몸을 얼려 보관시켜 과학의 진보를 기다린다. 인체의 소생 기술이 개발된 미래에 몸을 녹인다. 다시 살려서 치료한다.

물론 마지막 부분이 가장 까다로울 것이다. 하지만 지금껏 인류가 얼마나 진보했는지를 떠올리며 빅토르는 생각했다.

어린 시절 그의 사촌 두 명이 장티푸스와 백일해로 죽었다. 요즘이라면 당연히 살았을 것이다. 모든 것이 빠르게 변했다. 상식을 포함해서 그 무엇에도 너무 집착하지 말자고 그는 다짐했다.

"저게 뭐죠?" 빅토르가 물었다.

통 근처에 번호들이 붙은 하얀 나무 상자가 있었다. 상자에는 꽃다발이 몇 개 놓여 있었다.

"이곳에 찾아오는 가족들을 위해 준비한 겁니다." 제드가 설명했다.

"번호들은 통 안에 들어 있는 분들의 번호고요. 방문객들은 저기 앉습니다."

그는 벽에 붙어 있는 겨자 색깔의 긴 의자를 가리켰다. 빅토르는 그레이스가 저 초라한 소파에 앉아 있는 모습을 상상해보려고 했다. 그러다 문득 아내에게 이 일을 결코 털어놓을 수 없으리라는 사실을 깨달았다.

그녀는 절대 받아들이지 않을 것이다. 그레이스는 신실한 기독교 신자였다. 그녀는 인간이 운명에 도전하는 것은 불가능하다고 생각했다. 그는 그녀와 말다툼하고 싶지 않았다.

아냐! 이 마지막 계획은 혼자서 결정할 문제였다. 죽음과 맞닥뜨린다고 해서 사람들이 모두 변하는 것은 아니다. 빅토르는 아홉 살 때부터 스스로 알아서 하는 것에 익숙했다.

그는 머릿속에 새겼다. 방문객도 꽃도 없어도 좋다. 다만 통에 들어가기 위한 어떤 대가든 치를 것이다. 다시 살아나기 위해 냉동된 채 몇 세기를 기다려야 한다면 그는 기어이 홀로 기다릴 것이다.

26

동굴은 빗물과 시간으로 만들어진다.

빗물이 흙 속의 이산화탄소와 섞여 만들어진 산성수는 바위를 부식시키고 작은 틈이 벌어지면서 구멍들이 생긴다. 수천 년 후에 이런 구멍은 인간이 드나들 만큼 넓은 굴이 된다.

도르의 동굴은 시간의 창조물이다. 안에서는 새로운 시계가 똑딱거렸다. 노인이 처음 베어낸 천장에서 물이 떨어지면서 종유석이 생겼고 물방울이 동굴 바닥에 떨어져 석순이 솟아나기 시작했다.

몇 세기에 걸쳐 천장의 종유석과 바닥의 석순이 마치 서로 자석에 끌리듯이 자랐다. 도르는 전혀 알아차리지 못할 만큼 아주 느리게 커졌다.

한때 그는 물로 시간을 재며 자부심을 느꼈다. 하지만 신이 창조하지 않은 것을 인간이 발명해낼 수는 없었다.

도르는 세상에서 가장 큰 물시계와 살고 있었다.

도르는 생각을 하지 않았다. 오히려 완전히 생각을 멈춰버렸다.
움직임을 멈추고 더는 서 있지 않았다. 그는 귀를 먹먹하게 하
는 목소리들 사이에서 두 손으로 턱을 괴고 꼼짝하지 않았다.

도르는 늙지 않고 숨도 쉬지 않고 존재할 수 있었다. 하지만
그의 내면은 망가졌다. 나이를 먹지 않는 것은 살아 있는 것
이 아니었다. 사람과 만남이 끊어지자 영혼은 말라 갔다.

땅 위에서 들려오는 목소리들이 기하급수적으로 늘어나도
도르는 마치 떨어지는 빗소리를 듣듯이 그 목소리들을 흘려
들었다. 멈춰버린 정신은 둔해졌다. 머리카락과 수염은 손톱
과 발톱처럼 우스꽝스럽게 길어졌다. 그는 자신이 어떻게 생
겼는지를 완전히 잊어버렸다. 앨리와 함께 위대한 강에 비친
서로의 모습을 보며 웃음 짓던 이후로 자신의 모습을 보지 않
았다.

그는 기억 하나하나에 필사적으로 매달렸다. 눈을 꼭 감고
하나하나 기억을 떠올렸다. 연옥의 동굴에서 지내던 도르는
어느 순간 어둠 같은 무기력을 털어내고 작은 돌을 날카롭게
갈아 동굴 벽에 뭔가를 새기기 시작했다.

그는 땅에서도 뭔가를 새겼다.

하지만 그때는 시간을 재고 수를 세며 해와 달을 표시한 것이었다. 말하자면 세계 최초의 수학이었다.

도르가 지금 새기는 것은 달랐다. 처음에 그는 아이들을 기억하기 위해 세 개의 원을 그렸다. 그는 원마다 이름을 붙였다.

그리고 "그녀는 나의 아내입니다."라고 말했던 혼인날 밤을 기억하기 위해 당시 달의 모양을 새겼다. 그는 그들의 첫 번째 집인 아버지의 진흙 벽돌집을 기억하기 위해 상자를 하나 새겼고 고원의 갈대 오두막을 상징하는 더 작은 상자도 새겼다.

그는 자신을 혼미하게 했던 앨리의 눈빛을 기억하기 위해 눈을 그렸다. 그녀의 길고 검은 머리카락에 얼굴을 파묻을 때마다 느꼈던 평온함을 기억하기 위해 구불구불한 선들을 그렸다.

하나하나 새겨진 문양들은 그의 절규였다. 그는 아무것도 남지 않은 사람들이 그렇듯 인생 이야기를 자기에게 들려주고 있었다.

27

로레인은 지난밤에 딸이 남자 친구를 만나러 간다는 것을 알고 있었다.

아니면 무엇 때문에 힐을 신었겠는가? 세라가 전남편 같은 얼간이를 고르지 않기만을 바랐다.

그레이스는 남편 빅토르가 좌절하는 것을 알았다.

그는 지는 것을 싫어했다. 남편이 불치병과의 마지막 싸움에서 패배할 수밖에 없다는 사실이 몹시 슬펐다.

로레인은 현관문이 열리는 소리를 들었고 세라는 아무 말 없이 위층의 자기 방으로 올라갔다.

이제 둘 사이는 그랬다. 함께 살았지만 마음은 멀어져 있었다.

몇 년 전까지만 해도 그러지 않았다. 세라가 8학년일 때 체육 수업을 같이 듣던 소녀가 배구공을 셔츠 안에 넣고 소년들에게 달콤하게 속삭였다. 그녀는 근처에 세라가 있다는 사실을 몰랐다.

"얘들아, 나는 세라 레몬이야. 내가 너희의 프렌치프라이를 먹어도 될까?"

뚱뚱하다고 놀림 받은 세라는 울면서 집으로 달려가 어머니의 무릎에 고개를 파묻었다. 로레인이 그녀의 머리를 쓰다듬으며 말했다.

"그 애들은 퇴학당해야 해, 한 명도 남김 없이."

세라는 엄마의 위로가 그리웠다. 그렇게 서로가 서로에게 의지하던 때가 그리웠다. 세라가 위층에서 돌아다니는 소리를 듣고는 당장 달려가 이야기를 나누고 싶었다. 하지만 문은 항상 닫혀 있었다.

그레이스는 남편이 집으로 들어오는 소리를 들었다.

"루스, 그가 집에 왔어." 그녀가 전화기에 대고 말했다.

"다시 전화할게."

그녀는 문으로 가서 코트를 받았다.

"어디 갔다 왔어요?"

"사무실에."

"토요일인데요?"

"응."

빅토르는 지팡이를 짚고 절뚝거리며 복도를 걸어갔다. 그의 겨드랑이에 끼워진 마닐라 폴더에 대해서 묻지는 않았다. 대신 그녀는 "차 마실래요?"라고 물었다.

"아니."

"그럼 먹을 걸 갖다 줄까요?"

"아니."

그레이스는 문 앞에서 입을 맞추며 안아 올리고는 "이번 주말에는 어디 가고 싶어? 런던? 파리?"라고 묻던 젊은 시절의 빅토르를 떠올렸다.

해변에 있는 별장의 발코니에서 그는 좀 더 일찍 만나지 못해 아쉽다고 하면서 말했다. "그 시간을 만회해야지. 우리는 함께 오래 살 거야."

지금은 그런 순간들을 기억하며 인내심과 연민을 품어야 한다고 다짐했다. 그녀는 그가 줄어드는 날들에 대해, 임박한 죽음에 대해 어떻게 느끼는지 알 수 없었다. 그가 아무리 짜증스럽고 차갑게 굴어도 그녀는 그들의 얼마 남지 않은 시간을 길고 지루한 권태기가 아니라 신혼기처럼 보내기로 했다.

그레이스는 빅토르가 서재에서 또 다른 삶에 대해 생각하는 것을 몰랐다.

28

인류는 꿈도 꾸지 못할 방식으로 서로 연결되어 있다.
도르가 보이지 않는 사람들의 목소리를 들을 수 있는 것처럼
때로 사람들은 잠을 자면서 멀고 먼 동굴 속에 갇혀 있는 그
의 모습을 볼 수 있었다.

17세기에 그려진 엘리자베스 여왕의 초상화를 보면 여왕의
한쪽 어깨 뒤에는 앙상한 해골이, 다른 어깨 뒤에는 수염을 기
른 노인이 그려져 있다. 해골은 죽음의 상징이고 수염을 기른
신비한 인물은 화가의 꿈에 나왔던 시간의 상징이었다.

19세기 동판화에 담긴 수염을 기른 또 다른 남자는 새해를
상징하는 아기를 안고 있다. 화가가 이런 동판화를 새긴 이유
는 아무도 모른다. 다만 그도 친구들에게 꿈에서 본 것을 형
상화했다고 말했다.

1898년에 제작된 청동상은 더 건장한 남자의 모습을 하고 있다. 그는 여전히 수염을 길렀지만 벌거벗은 건장한 몸에 큰 낫과 모래시계를 들고 있다. 청동상은 미국 국회도서관의 거대한 시계 위에 놓여 있다. 수염을 기른 남자가 누구를 모델로 했는지는 수수께끼로 남아 있다.

하지만 그들 모두 '시간의 아버지'로 불렸다.

시간의 아버지는 동굴에 혼자 앉아 있다.
그는 두 손으로 턱을 받치고 있다.

이곳은 우리의 이야기가 시작되었던 곳이다. 언덕을 달려가던 세 아이한테서 홀로 떨어져 이 쓸쓸한 장소로 흘러왔다. 수염이 제멋대로 자라난 죽지 않는 남자와 목소리들의 웅덩이와 이제 채 1밀리미터밖에 떨어지지 않은 종유석과 석순이 있는 이곳.

세라는 자기 방에 있다. 빅토르는 서재에 있다.

지금, 바로 지금!

땅에 있는 우리의 시간.

그리고 도르가 풀려날 순간.

추락

"신이 사람의 수명을 각각 정해둔 데는 이유가 있어.
항상 그걸 기억하게." "그 이유가 뭐죠?"
"자네의 여정이 끝나면 알게 될 거야."

29

"시간에 대해 무엇을 알게 되었지?"

도르가 고개를 들었다. 마침내 노인이 돌아온 것이다.

그 사이 6,000년이 흘렀다. 도르는 믿기지 않아 입을 벌리고 바라보았다. 말을 하려고 했지만 아무 소리도 나오지 않았다. 목소리를 내는 법까지 잊어버린 것이다.

노인이 조용히 동굴 안을 어슬렁거리면서 아주 흥미롭게 벽들을 살펴보았다. 원, 정사각형, 타원, 사각형, 선, 구름, 눈, 입술 등 인간이 상상해 낼 수 있는 온갖 상징을 보았다. 도르가 기억해낸 인생의 매 순간에 대한 상징의 기록이었다. 앨리가 돌을 던졌을 때, 둘이서 위대한 강으로 걸어갔을 때, 첫 아이가 태어났을 때…….

아래쪽 구석에 새겨진 마지막 상징은 눈물 모양이었다. 도르는 그 상징을 볼 때마다 앨리가 담요 위에서 죽어가던 순간을 떠올릴 것이다.

그의 이야기는 거기서 끝나 있었다.

노인은 몸을 숙이고 손을 뻗었다.

벽에 새겨진 눈물을 만지자 눈물은 진짜 물방울이 되어 그의 손가락에 맺혔다.

노인은 자라난 종유석과 석순으로 다가갔다. 그리고 면도 날만큼밖에 떨어지지 않은 종유석과 석순 사이에 눈물을 갖다 댔다. 눈물이 돌로 바뀌면서 종유석과 석순이 하나로 이어졌다. 종유석과 석순은 하나의 완벽한 기둥이 되었다.

그가 약속했던 것처럼 하늘과 땅이 만났다.

순간 도르는 잡아당겨진 것처럼 자신의 몸이 바닥에서 떠오르는 것을 느꼈다.

그가 새긴 상징들이 모두 벽에서 떨어져 나오더니 철새떼의 이동처럼 동굴을 둥둥 가로질렀다. 상징들은 하나로 이어진 작은 고리로 바뀌더니 종유석과 석순의 잘록한 가운데 부분을 감쌌다. 동시에 종유석과 석순은 매끄럽고 투명한 표면의 거대한 모래시계로 바뀌었다.

그 안에는 하얀 모래가 들어 있었다. 도르는 그렇게 하얀 모래는 난생 처음 보았다. 거의 액체 같은 고운 모래였다. 모래는 위에서 아래로 계속 흘렀지만 모래시계 위아래에 들어 있는 모래의 양은 늘지도 줄지도 않았다.

"여기에 우주의 모든 순간이 들어 있네." 노인이 말했다.

"자네는 시간을 지배하려고 했지. 그것을 벌하기 위해 자네의 바람을 들어주었네."

그가 지팡이로 두드리자 모래시계의 꼭대기와 바닥이 황금빛으로 바뀌고 두 개의 기둥이 생겼다. 종유석과 석순이 변해 생긴 모래시계는 크기가 점점 줄어들더니 도르의 품에 들어왔다.

그는 손에 세상의 모든 시간을 쥐고 있었다.

"이제 가거라." 노인이 말했다.

"세상으로 돌아가라. 네 여정은 아직 끝나지 않았다."

도르는 멍하니 바라보았다.

그의 어깨가 더 처졌다. 예전 같았으면 그는 곧바로 달려갔을 것이다. 하지만 그의 심장은 텅 비었다. 그는 이제 그 무엇도 원하지 않았다. 동굴 벽에 눈물방울로 새겨진 앨리는 이미 떠나고 없었다. 이제 다시 찾은 삶과 시간이 그에게 어떤 의미가 있을까?

마침내 가슴에서 소리를 밀어올려 희미하게 속삭였다.

"너무 늦었어요."

노인이 고개를 흔들었다.

"결코 너무 늦지도 이르지도 않아. 바로 그때가 되었네."

노인이 미소 지었다.

"계획이 있네, 도르!"

도르가 눈을 깜박였다. 노인은 처음으로 그의 이름을 불렀다.

"세상으로 돌아가서 사람들이 시간을 어떻게 세는지를 지켜보게."

"왜죠?"

"자네가 시작한 일이니까. 자네는 세속적인 시간의 아버지야. 하지만 아직 자네가 이해하지 못하는 것이 있지."

도르는 수염을 만져보았다. 수염은 허리에 닿았다. 분명히 그는 어떤 인간보다 오래 살았다. 왜 그의 삶은 아직 끝나지 않았을까?

"자네는 순간들을 표시했지." 노인이 말했다.

"하지만 자네는 그 순간들을 현명하게 사용했나? 평화를 위해? 소중히 여기고 감사하면서? 사람들에게 용기를 주고받으면서?"

도르가 고개를 숙였다.

"그럼 제가 뭘 해야 하죠?"

"땅에서 두 사람을 찾게. 한 명은 너무 많은 시간을 원하고 다른 한 명은 너무 적은 시간을 원하지. 자네가 배운 것을 그들에게 가르치게."

"그들을 어떻게 찾죠?"

노인이 목소리의 웅덩이를 가리켰다.

"그들의 고통에 귀를 기울여보게."

도르는 웅덩이의 물을 바라보았다. 그는 웅덩이에서 울려 퍼지는 수십억 개의 목소리를 생각했다.

"두 사람이 뭘 어쩌겠어요?"

"자네도 한 명의 인간에 지나지 않았어." 노인이 말했다.

"하지만 세상을 변화시켰지."

노인은 도르가 그림을 새기던 돌을 집어 들었다. 그는 그 돌을 흙으로 으깨버렸다.

"오직 신만이 이 이야기의 결말을 쓰실 수 있네."

"신은 나를 혼자 내버려두었어요." 도르가 말했다.

노인이 고개를 저었다.

"자네는 결코 혼자가 아니었어."

노인이 얼굴을 만지자 컵에 물을 붓듯 자신의 몸에 새로운 기운이 채워지는 것을 느꼈다. 동시에 노인은 사라지기 시작 했다.

"신이 사람의 수명을 각각 정해둔 데는 이유가 있어. 항상 그걸 기억하게."

"그 이유가 뭐죠?"

"자네의 여정이 끝나면 알게 될 거야."

30

에단이 일방적으로 약속을 취소한 뒤에도 세라는 다음 데이트를 계속 생각했다.

자존심은 중요하지 않았다. 검은 청바지와 산딸기색의 티셔츠를 차려입고 나섰던 실망스러운 밤이 지나고 다시 지루한 학교 수업을 받았다. 2주 후에 세라는 다시 행동에 나섰다.

다음날, 노숙자 쉼터에 가는 토요일에 그녀는 평소보다 이른 아침 6시 32분에 일어나 마치 파티에라도 가듯이 옷을 차려입었다. 그녀는 깊이 파인 블라우스와 꼭 맞는 스커트를 입었다. 그녀는 세 개의 웹사이트를 뒤져서 조사해가며 블러셔와 아이섀도 화장에도 시간을 더 들였다.

세라는 어머니의 화장이 진하다고 흉보던 자신의 모습을 떠올리며 어색한 기분을 느꼈다. 세라는 "엄마를 봐달라고 악을 써대는 것 같아."라고 늘 불평하곤 했다. 하지만 에단 같은 소년은 더 진하게 화장을 하고 더 야한 블라우스를 입은 아름다운 소녀들을 언제든 만날 수 있으니 이 정도는 감수해야 한다고 스스로 정당화했다. 그를 원한다면 달라져야 했다.

어쨌든 로레인은 아직 자고 있었다.

집을 빠져나와 세라는 가벼운 마음으로 어머니의 자동차를 몰고 노숙자 쉼터로 향했다. 몇몇 노숙자들이 보고 휘파람을 불며 "멋진데, 아가씨."라고 말했다. 세라는 얼굴을 붉히며 약속이 있다고 둘러대다가 갑자기 이 상황이 우습다고 생각했다.

도대체 무슨 생각이었을까? 세라는 이런 일에 능숙하지 못했다. 챙겨온 스웨터를 급하게 입었다.

그때 에단이 양쪽 팔에 상자를 하나씩 끼고 들어왔다. 방심하고 있던 세라는 옷을 정리하고 머리카락을 쓰다듬었다.

"레몬 에이드." 그가 고개를 까닥이며 말했다.

그는 이 모습이 마음에 들었을까?

"안녕, 에단." 그녀는 아무렇지도 않은 척했지만 다시 가슴이 두근거렸다.

3I

빅토르는 책상에 앉아 마닐라 폴더를 살펴보았다. 그는 인체냉
동보존 시설을 운영하는 제드가 2주 전에 들려준 말을 기억했다.
"인체냉동보존술은 미래로 가는 구명정이에요. 의술이 아주
발달해서 병을 치료하는 것이 약속을 잡는 것만큼이나 간단
해진 미래 말입니다. 당신은 구명정에서 잠이나 자면서 구조
를 기다리면 됩니다."

빅토르는 배를 문질렀다.

'이 암 덩어리를 없애기 위해, 투석에서 자유로워지기 위해,
다시 살기 위해, 약속을 잡는 것만큼이나 간단한…….'

그는 제드의 설명을 들으면서 그 과정을 그려보았다. 빅토
르가 죽었다고 선언되는 순간 몸은 얼음으로 덮인다. 응고되
지 않도록 펌프가 피를 계속 돌게 한다. 다음으로 혈관에 얼

음이 생기지 않도록 체액이 생물학적 부동액인 한랭단백으로 교체된다. 이 과정은 '유리화'라고 불린다. 체온이 계속 낮아지는 동안 몸은 침낭에 들어갔다가 컴퓨터로 제어되는 냉각통에 들어갔다가 다시 서서히 액체질소가 채워지는 용기에 들어간다.

5일 후에는 섬유 유리로 만든 거대한 탱크인 '저온유지장치'로 옮겨지고 그때부터 머리를 아래로 향한 채 지내게 된다. 그곳이 마지막 안식처다. 그렇게 언제까지 보관될지 과연 누가 알 수 있을까?

구명정이 미래를 찾아낼 때까지!

"그러면 내 시체는 이곳에 있게 됩니까?" 빅토르가 제드에게 물었다.

"우리는 시체라고 하지 않습니다."

"그러면 뭐라고 하죠?"

"환자라고 하죠."

환자라고 생각하니 편했다.

그는 이미 환자였다. 조금 종류가 다를 뿐이었다. 인내하는 환자다. 장기 주식형 펀드에 가입하거나 항상 끝없는 서류 작업을 고집하는 중국과 협상하는 것처럼 인내할 것이다. 그레이스는 반대할지 모르지만 빅토르는 참을 수 있었다.

이렇게 다시 삶을 시작하기만 기다리면서 몇십 년, 어쩌면 몇 세기 동안 얼어 있는 것은 나쁜 거래가 아닌 것 같았다.

이 땅에서 지금 그의 시간은 거의 끝났다.

하지만 그는 새로운 시간을 움켜잡을 수 있었다.

그는 전화를 걸었다.

"여보세요, 제드. 빅토르 들라몽트예요. 내 사무실에 언제 들를 수 있죠?"

32

수많은 세기 동안 도르는 동굴을 탈출하기 위해 온갖 시도를 다했다.

이제 그는 두 팔에 모래시계를 안고 웅덩이 옆에 서 있었다. 이것만이 집으로 돌아갈 유일한 방법이었다.

　그는 생각했다. 정말 끝날까? 이 끝없는 연옥이? 이제 어떤 세상이 그를 기다릴까? 시간의 아버지는 자기가 얼마나 세상을 떠나 있었는지 정확히 알지 못했다.

　노인의 말을 떠올렸다. '그들의 고통에 귀를 기울여보게.' 도르는 반짝이는 웅덩이를 내려다보다가 눈을 감았다. 여러 목소리 사이로 나이 든 남자와 어린 여자의 목소리가 또렷하게 들려왔다.

　"또 한 번의 인생을……."

"그만 끝내주세요."

갑자기 한 줄기 바람이 동굴을 휩쓸었고 동굴 벽이 한낮의 햇빛을 받은 것처럼 반짝였다. 도르는 모래시계를 끌어안고 뒷걸음치다가 자신을 위로해주던 유일한 단어를 속삭이며 웅덩이로 뛰어들었다.

앨리!

그는 끝없이 떨어졌다.

도르는 허공으로 내려갔다.

머리 위로 휙 들려졌던 다리가 다시 머리 아래로 내려가면서 빛과 색으로 채워진 반짝이는 안갯속으로 재빨리 떨어졌다. 그는 순식간에 지나가는 몸뚱이들과 얼굴들을 보았다. 님의 탑에서 떨어져 나간 사람들이었다. 그들은 올라가고 그는 계속 내려갔다. 모래시계를 단단히 움켜쥐고는 더 밝은 빛과 더 진한 색깔들 속을 빠르게 지나갔다.

그 속도에 몸이 갈가리 찢기는 것 같았고 바람은 갈퀴처럼 그의 살을 헤집었다. 상쾌한 냉기, 타오르는 열기, 날리는 비와 휘몰아치는 눈, 그리고 모래, 덮쳐오는 모래, 채찍질하는 모래 속에서 빙빙 돌기도 하고 둥실 떠오르기도 하다가 마침내 모래시계의 모래처럼 곧장 아래로 떨어졌다. 마침내 멈췄다.

모래는 날려갔다.

그는 뭔가에 매달려 있었다.

멀리서 음악 소리와 웃음소리가 들렸다.

도르는 땅으로 돌아왔다.

땅

그는 더 진하게 입을 맞추면서
그녀의 몸을 자기 쪽으로 돌린 다음 더 가까이 잡아당겼다.
'내게, 그가 내게 입을 맞추고 있어, 그가 나를 원해!'라고
그녀는 생각했다.

33

로레인은 담배가 필요했다.

쇼핑센터에 차를 세우고는 네일 살롱을 지나갔다. 그녀는 열한 살이던 세라와 이곳에 들렀던 적이 있다.

"손톱을 루비색으로 칠해도 돼?" 세라가 물었다.

"그럼." 로레인이 말했다.

"발톱에 칠해도 돼?"

"물론이지."

로레인은 깜짝 놀란 세라의 얼굴을 바라보았다. 로레인은 자신은 일하느라 바빠서, 남편 톰은 항상 귀가가 늦어서 딸에게 얼마나 사랑을 주지 못했는지를 깨달았다.

세라가 환하게 웃는 얼굴로 바라보며 "발톱은 엄마랑 같은 색깔이면 아무거나 좋아."라고 말하는 순간 더 자주 같이 와

야겠다고 다짐했다.

그러나 둘은 다시는 이곳에 오지 않았다. 남편과 이혼으로 모든 것이 변했다. 로레인은 네일 살롱을 지나치며 의자들이 많이 빈 것을 보고도 이제 세라는 엄마 옆에서 손톱을 손질하기보다는 차라리 경찰에 체포당하는 쪽을 선택할 것이라고 생각했다.

그레이스는 식료품이 필요했다.

그녀는 필요한 식료품을 적어서 누군가를 대신 보낼 수도 있었다.

"집안일은 하지 않아도 돼." 빅토르는 항상 말했다. 하지만 시간이 흐르면서 그녀는 집안일이 다른 사람의 시간을 집어삼킨 대신 자신의 시간에는 구멍만 남겼음을 깨달았다. 점차 그녀는 집안일을 다시 하기 시작했다.

그레이스는 카트를 밀고 슈퍼마켓 안을 돌아다니다가 농산물 코너에서 친환경 셀러리, 토마토, 오이를 담는다. 지난 몇 달 동안 더 나은 음식, 더 건강한 음식으로 빅토르에게 좀 더 시간을 벌어줄 수 있기를 바라며 다시 요리를 시작했다. 그녀는 이것이 바람에 맞선 나뭇잎처럼 작은 몸짓에 지나지 않는다는 것을 알았다. 하지만 매달릴 것은 작은 희망뿐이었다.

오늘 밤에는 몸에 좋은 샐러드야. 그녀가 생각했다. 하지만 그녀는 아이스크림 냉동고 옆을 지나다가 빅토르가 가장 좋

아하는 민트 초콜릿칩 아이스크림을 한 통 집어 들었다. 그가
잠깐의 쾌락을 원한다면 그것도 맞춰줄 셈이었다.

34

12월, 스페인 마을은 축제가 한창이었다.

마을 광장에는 새우, 안초비, 감자 같은 전채 요리인 타파스가 테이블 가득 놓였다. 군데군데 거리의 음악가들이 모여 신나게 연주했다. 광장 중앙의 분수에는 한껏 들뜬 연인들이 동전을 던져 넣었다. 관광객들은 분수 가장자리에 앉아 물 위로 발을 첨벙거렸다.

분수 근처에는 수염을 기르고 모래시계를 들고 있는 사람 크기의 종이 반죽 인형인 파피에 마셰가 합판 벽에 붙어 있었다. 팻말에는 '엘 티엠포'라고 적혀 있었다. '시간의 아버지'라는 뜻이었다. 그 아래에는 노란 플라스틱 방망이가 놓여 있었다.

몇 분 간격으로 지나가던 사람들이 그 방망이를 들고 파피에 마셰를 때렸다. 지난해를 쫓아내고 새해를 맞이하는 전통이었다. 구경꾼들은 "이야! 이야!" 소리를 지르며 웃음을 터뜨리고 건배를 했다.

어린 소년이 엄마의 손에서 빠져나오더니 파피에 마셰로 달려갔다. 방망이를 들고 엄마를 쳐다보았다.

"어서, 해봐." 엄마가 손을 흔들면서 소리쳤다.

바로 그때 태양이 구름 뒤에서 나타나더니 이상스런 햇살이 마을을 덮었다. 갑작스러운 바람에 광장의 모래가 날렸다. 소년은 신경 쓰지 않고 온 힘을 다해 파피에 마셰를 때렸다.

퍽!

파피에 마셰 인형이 눈을 번쩍 떴다.

소년이 비명을 질렀다.

합판 벽에 매달린 도르는 옆구리에 찌릿한 아픔을 느꼈다.
그가 눈을 떴다.

소년이 비명을 질렀다.

도르는 비명에 깜짝 놀라 움찔했고 그 바람에 두 개의 못에 걸려 있던 옷이 찢어졌다. 순식간에 땅으로 떨어지면서 모래시계를 놓쳤다.

소년의 비명이 갑자기 멈췄다. 아니, 트럼펫 소리가 길게 여운을 남기듯이 희미해졌다. 도르가 재빨리 일어섰다. 주위의 세상은 꿈을 꾸듯이 느려졌다. 소년의 얼굴은 비명을 지르려던 모습 그대로 굳어졌다. 노란 방망이가 허공에 그대로 멈췄다. 분수에 모인 사람들이 손가락으로 가리킨 채 움직이지 않았다.

도르는 떨어진 모래시계를 집어 들었다.

그리고 달렸다.

그는 아무도 그를 알아보지 못하기를 바라며 고개를 숙이고 전속력으로 달렸다.

하지만 움직이는 것은 도르뿐이었다. 온 세계가 멈췄다. 바람도 불지 않았다. 나뭇가지도 흔들리지 않았다. 개를 산책시키는 남자, 술집 밖에서 술잔을 들고 있는 사람들 등 도르의 눈에 보이는 모든 사람들은 얼어붙은 것처럼 굳은 채였다.

도르는 발걸음을 늦추고 주위를 둘러보았다. 우리에게는 스페인의 작은 시골 마을에 지나지 않았지만 그가 평생 지켜본 것보다 더 많은 사람과 건물들이 있었다.

'여기에 우주의 모든 순간이 들어 있네.' 노인이 말했다. 도르는 모래시계를 자세히 살펴보았다. 마치 누군가 흐름을 막은 것처럼 모래시계 역시 모래가 몇 알씩 떨어질 뿐 거의 멈춘 듯이 느리게 움직였다.

도르는 모래시계를 안고 몇 킬로미터를 걸었다. 하늘의 태양은 거의 움직이지 않았다.

다른 그림자들은 땅에 그려진 것처럼 꼼짝하지 않았고 오직 그의 그림자만 따라왔다. 그는 더 한적한 곳에 이르자 언덕으로 올라가 앉았다. 언덕을 오르면서 앨리를 생각했다. 그 옛날 살았던 탁 트인 들판, 진흙 벽돌집, 그리고 고요가 그리웠다. 세상에서 그는 마치 100개의 소리가 하나의 음으로 뭉개지듯이 끊임없이 윙윙대는 소리를 들었다. 그는 한순간이 천천히 흐르면서 이런 소리를 낸다는 사실을 아직 몰랐다.

도르의 아래쪽으로는 가운데 흰 줄이 그어진 암회색 길이 곧게 뻗어 있었다. 그는 그렇게 매끄러운 길을 만들려면 얼마나 많은 노예가 필요할까를 생각했다.

'너는 시간을 지배하려고 했어.' 노인의 말이 떠올랐다.

'너를 벌하기 위해 그 바람을 들어주었어.'

도르는 자신이 땅에 도착하던 모습을 떠올렸다. 어떻게 떨어졌고 어떻게 모래시계를 놓쳤는지를……. 그가 모래시계를 놓치는 순간 모든 것이 바뀌었다.

'아마도……'

그는 모래시계를 한쪽으로 기울였다가 다시 똑바로 놓았다.

모래가 술술 흘러내리기 시작했다. 윙윙대는 소리가 멈췄다. 그는 '쉭' 하는 소리를 들었다. 그리고 또다시 '쉭' 하는 소리가 들렸다. 아래를 내려다보자 자동차들이 길을 따라 속도를 내고 있었다. 그는 자동차에 대해 전혀 몰랐기 때문에 상상할 수 없는 속도로 달리는 짐승들이라고만 상상했다. 그는 재빨리 모래시계를 뒤로 젖혔다.

순간 자동차들이 제자리에 멈췄다.

도르의 눈이 커졌다. 방금 그가 그런 건가? 그가 세상을 멈출 수 있다는 건가? 도르는 엄청난 힘이 자신의 손 안에 있다는 것을 느끼고 몸을 떨었다.

35

술이 어색한 분위기를 바꾸었다.

에단은 보드카를 한 병 가져왔다. 세라는 태연한 척했다. 그녀는 원래 술을 마실 줄 몰랐지만 이번만은 재빨리 한 모금을 마셨다. 반에서 3등인 소녀도 보드카를 마셔본 척하는 법은 이론상 잘 알고 있었다.

그날 저녁 8시 14분에 에단은 "우리 삼촌네 창고에 오고 싶으면 와!"라고 문자를 보냈다.

그들은 지금 에단의 삼촌네 창고에 앉아 오렌지주스를 보드카에 섞어 종이컵으로 마셨다. 그들은 바닥에 앉아서 둘 다 즐겨본다고 고백한 한심한 TV쇼를 보며 웃었다.

에단은 액션 영화, 특히 배우들이 양복과 넥타이에 선글라스까지 끼고 등장하는 「맨 인 블랙」 시리즈를 좋아했다. 세라는 사실 그 영화를 본 적이 없으면서 자신도 좋아한다고 말했다.

그녀는 아침에 쉼터에서 입었던 깊게 파인 블라우스를 입었다. 그가 마음에 들어 하는 것 같다고 생각했기 때문이다. 그는 다정했다. 순간 그녀의 휴대전화가 울렸다. 맙소사, 엄마였다! 얼굴을 찡그리자 에단이 "내가 볼까?"라고 말했다. 에단은 엄마가 전화할 때마다 날카로운 헤비메탈 음악이 울리게 해놓고 있었다.

"엄마의 벨 소리가 울리면 그냥 무시해버려." 그가 말했다.

세라가 웃었다.

"야, 그거 정말 멋지다."

그 후에는 모든 것이 흐릿했다. 에단이 등을 문질러주겠다고 하자 세라는 기꺼이 몸을 맡겼다. 그의 손이 어깨에 닿자 몸이 떨리다가 이내 노곤해졌다.

동급생들은 다들 유치해서 학교에서는 별로 친구를 사귀지 않는다고 소심하게 말하자 그가 "그래, 그 애들은 거의 패배자들이야."라고 말했다. 대학 입시로 스트레스를 받는다고 말하자 어깨를 더 노골적으로 문지르며 너는 똑똑해서 어디든 들어갈 수 있을 거라고 말했다. 덕분에 그녀의 기분이 좋아졌다.

그리고 두 사람은 입을 맞췄다. 그녀는 결코 잊지 못할 것이다. 그녀는 목덜미에 그의 숨결을 느끼고 왼쪽으로 고개를 돌렸다가 그가 오른쪽으로 다가오자 그쪽으로 고개를 다시 돌렸다. 두 사람의 얼굴이 거의 부딪칠 뻔했다.

그리고 그 일이 벌어졌다. 그냥 그 일이 벌어졌다. 그녀는 눈을 감았고 정말로 기절할 뻔했다. 그녀의 엄마는 '실신'이라는 단어를 쓰곤 했는데 세라는 이럴 때에는 기절이 맞다고 막연하게 생각했다.

그는 더 진하게 입을 맞추면서 그녀의 몸을 자기 쪽으로 돌리고 더 가까이 잡아당겼다. 그녀는 '내게, 그가 내게 입을 맞추고 있어, 그가 나를 원해!'라고 생각했다. 하지만 부드럽게 시작되었던 입맞춤이 조금 거칠어지면서 그의 손이 재빨리 그녀의 온몸을 더듬자 초조하게 몸을 빼고는 당황스러운 웃음으로 순간을 넘기려고 했다.

그는 잔에 보드카와 오렌지주스를 좀 더 채워주었고 그녀는 더 빨리 마셔버렸다.

이후 그녀가 웃으면서 에단을 밀고, 그는 그녀를 잡아당기고, 둘이 다시 입을 맞추고, 에단이 더 공격적으로 나오고, 그녀가 빠져나가는 등의 실랑이가 반복되었다.

"제발." 그가 말했다.

"그래." 그녀가 중얼거렸다.

"나도 원해. 하지만……"

결국 그는 뒤로 물러나 보드카를 더 마시고는 벽에 기대어 거의 잠이 들었다. 오래지 않아 둘은 각자 집으로 돌아갔다.

월요일 아침 7시 23분 세라는 호밀 토스트를 씹으면서 생각한다.
그녀가 옳은 일을 했는지, 잘못된 일을 했는지, 아니면 옳은 일을 함으로써 잘못된 일을 했는지⋯⋯. 에단이 자신에게 과분할 정도로 잘생긴 소년이라는 것을 깨닫고는 정말 감사해야 한다고 생각했다. 그들은 입을 맞췄고 그는 그녀를 원했다.

그녀를 원했다는 것이 중요했다. 에단의 얼굴을 계속 그렸다. 다음에는 둘이 함께 있는 모습을 상상했다. 마침내 단조롭고 평범한 일상에 뭔가가 생긴 것이다.

세라는 접시를 싱크대에 내려놓고 노트북을 열었다. 그녀는 다가오는 크리스마스에 에단에게 선물을 사주어야겠다는 갑작스러운 충동을 느꼈다. 결코 지각하는 일이 없었지만 덕분에 학교에 좀 늦어도 괜찮았다.

에단은 「맨 인 블랙」의 배우들이 멋지고 특별한 시계들을 차고 있다고 말했다. 아마 그녀가 하나 사줄 수 있을 것이다. 그가 좋아하겠지?

세라는 단순히 배려라고 생각했다. 크리스마스는 크리스마스일 뿐이니까. 그러나 마음 깊숙이에는 간단한 방정식이 만들어졌다.

그녀는 사랑하는 소년에게 선물을 사주는 것이다.

그리고 그도 그녀를 사랑해줄 것이다.

36

끝없이 배울 시간이 있다면……

움직이는 차를 멈추어 세우고 몇 시간 동안 살펴볼 수 있다면? 경비원이 알아차리지 못하는 사이에 모든 것을 만져가며 박물관을 샅샅이 살펴볼 수 있다면?

도르는 그렇게 현재의 세계를 탐험했다. 그는 모래시계로 시간을 늦추었다. 단, 시간을 완전히 멈출 수는 없었다. 기차는 그가 살펴보는 동안 한 시간에 2.5센티미터밖에 움직이지 못했다. 그는 사람들을 제자리에 잡아둔 채 코트나 신발을 만져보고, 안경을 벗겨서 써보고, 말끔하게 면도한 남자들의 얼굴을 만져보면서 그들 사이를 돌아다닐 수 있었다.

사람들은 아주 순식간에 눈앞을 스쳐 간 그를 전혀 기억하지 못할 것이다.

도르는 이렇게 한순간을 며칠로 늘여놓고 카페와 가게들을 탐험하면서 스페인의 시골을 돌아다녔다. 자신의 몸에 맞는 옷을 찾았다. 그는 골치 아픈 단추와 지퍼가 없는 옷을 좋아 했다. 그리고 어느 순간 펠루케리아(미용실)라고 적힌 나지막한 벽돌 건물로 들어갔다. 그는 기다란 거울을 보고 비명을 질 렀다.

그제야 거울에 비친 사람이 자신임을 깨달았다.

도르는 6,000년 동안 자신의 모습을 보지 못했다.

거울로 다가간 그는 높은 회전의자에 앉은 사업가와 서랍에 두 손을 넣은 스타일리스트와 나란히 섰다. 도르는 푸른 셔 츠, 적갈색의 넥타이, 짧고 검고 젖은 머리카락을 한 그 남자의 모습을 관찰하다가 자신의 흐트러진 모습을 바라보았다. 무성한 수염과 기다란 머리카락에도 그가 옆의 사업가보다는 젊어 보였다.

'이 동굴에서 자네는 전혀 나이를 먹지 않을 거야.'

'난 그런 선물을 받을 자격이 없어요.'

'선물이 아니야.'

그는 카운터 뒤에 웅크리고는 모래시계를 기울였다.

삶이 다시 시작되었다. 스타일리스트가 서랍에서 가위를 꺼내며 뭐라고 하자 사업가가 웃었다. 그녀가 그의 머리카락 을 잡고 자르기 시작했다.

매혹당한 도르가 카운터 너머를 넘겨다보았다. 그녀가 아주 능숙하게 가위를 움직이면 머리 다발이 아래로 떨어졌다. 갑자기 누군가 스테레오를 켰고 쿵쿵거리는 음악이 터져 나왔다. 도르는 두 손으로 귀를 꼭 잡았다. 그는 그렇게 커다란 소리를 들은 적이 없었다.

그가 고개를 들자 뚱뚱한 중년 여자가 머리에 플라스틱 컬핀을 말고 위에서 그를 내려다보고 있었다.

"무슨 일이죠?" 그녀가 소리쳤다.

도르가 모래시계를 움켜쥐자 그녀 그리고 다른 모두가 거의 얼어붙은 것처럼 움직임이 느려졌다.

도르는 일어나서 그 여자를 지나 스타일리스트에게로 다가갔다. 그녀의 손에서 가위를 가져와 수염을 바짝 자르고 6,000년이나 기른 머리카락을 자르기 시작했다.

37

"약관을 바꾸고 싶어서 당신을 여기로 불렀습니다."

빅토르는 제드에게 얼음물을 한 잔 따라주었다. 그들은 기다란 테이블을 사이에 두고 앉았다. 빅토르는 이제 마지못해 휠체어를 탔다. 걸음마저 너무나 위태로워졌기 때문이다. 빅토르의 사무실 가구들은 휠체어가 움직이기 편하게 다시 배치되어 있었다.

"현행법상으로 냉동 과정에 들어가기 전에 법적으로 죽어야 한다고 알고 있습니다. 그렇죠?"

"그렇습니다." 제드가 대답했다.

"하지만 당신이나 과학이 인정하다시피 심장과 뇌가 멈추기 전에 냉동이 시작되어야 생존 가능성이 높아지겠죠?"

"이론상으로는……, 그렇습니다."

제드가 유리컵을 손으로 감쌌다. 그는 미심쩍은 것 같았다.

"난 그 이론을 실험하고 싶소." 빅토르가 말했다.

"들라몽트 씨."

"내 말을 끝까지 들으시죠."

빅토르는 계획을 설명했다. 현재 투석만이 그를 살아 있게 해주었다. 그는 커다란 기계가 피를 걸러내고 노폐물을 제거해주지 않으면 금세 죽을 것이다. 기껏해야 일주일이나 2주일 안일 것이다.

"내가 죽는 순간 의사가 신체 기능이 멈추었음을 확인해주고 검시관이 죽음을 확인해주면 냉동이 시작되겠죠?"

"네, 하지만." 제드가 말했다.

"알아요. 그러려면 내가 죽는 순간 우리 모두가 당신의 시설에 있어야 하겠죠."

"그렇습니다."

"아니면 내가 죽기 전에 있든지."

"무슨 말인지 모르겠군요."

"내가 죽기 전에, 이미 죽어버린 것으로 하면 말이죠."

"하지만 그러려면……."

제드가 말을 멈췄다. 빅토르가 턱을 움직였다. 그 남자는 빅토르의 말을 이해한 것 같았다.

"돈이 많으면." 빅토르가 말했다.

"사람들에게 이 일 저 일 시킬 수 있죠."

그가 두 손을 모았다.

"아무도 몰라야 합니다."

제드는 아무 말이 없었다.

"난 당신의 시설을 봤습니다. 상당히 빈약하더군요. 오해하지 마십시오."

제드가 어깨를 으쓱였다.

"당신에게 몇백만 달러가 생길 겁니다. 만족한 고객의 기부로 말입니다."

제드가 침을 삼켰다.

"자." 빅토르가 좀 더 다정하게 목소리를 낮췄다.

"나는 그때면 죽음에 좀 더 다가가 있을 겁니다. 몇 시간 빨라진다고 무슨 상관이 있겠소? 그리고 우리 정직해집시다." 그가 제드에게 몸을 숙였다.

"당신도 성공 가능성이 높아지는 걸 원하지 않습니까?"

제드가 고개를 끄덕였다.

"나도 그래요."

빅토르는 책상 쪽으로 휠체어를 밀었다. 서랍을 열었다.

"내 변호사들에게 이걸 작성하게 했어요." 그가 봉투를 하나 들어 올렸다.

"이것이 당신의 결심에 도움이 되기를 바랍니다."

38

머리를 자르고 현대적인 옷을 입은 도르는 좀 더 이 시대 사람 같았다.

그는 필요한 순간 시간을 제 속도로 흐르게 하다가 다시 천천 히 흐르게 하면서 세상을 공부했다. 일종의 실시간 상호작용 이었다. 그는 알파벳처럼 반드시 필요한 지식을 쌓는 데 주로 이 방법을 썼다.

알파벳은 맞춤법과 단어로 이어졌고 나머지는 저절로 터득 되었다. 시간의 아버지는 이미 땅 위의 모든 언어를 알아들을 수 있었기 때문이다.

글자를 읽을 수 있게 되자 모든 지식을 섭렵했다.

그는 마드리드의 어느 도서관에 있던 책을 3분의 1이나 읽었다. 그는 역사서와 문학서를 읽고 지도책과 커다란 사진집을 살펴보았다. 실제로는 몇십 년이 흘렀겠지만 뒤집힌 모래시계 덕분에 몇 분밖에 걸리지 않았다.

도서관을 나온 도르는 밤이 내려앉는 것을 보기 위해 모래시계를 다시 뒤집었다. 그는 전기 덕분에 사람이 깨어 있고 책을 읽는 시간이 늘어난 것에 경외감을 느꼈다. 이전까지 도르는 기름 램프나 화톳불로 어둠을 밝히는 방법만을 알고 있었다. 이제는 가로등이 마을들을 빛으로 뒤덮었다. 황백색의 가로등 불빛 아래를 걸으며 완전히 도취한 도르는 밤새도록 전구들을 바라보았다.

아침에 그는 태양을 다시 한 번 멈춘 뒤 걸었다.

스페인의 평원을 가로지르고 프랑스의 가장 큰 강을 따라가다가 벨기에와 독일의 숲들을 지났다. 고대의 폐허와 현대의 경기장을 보았고 고층 빌딩과 교회와 쇼핑센터를 탐험했다.

그는 지나가는 곳마다 특별히 고안된 시계를 찾아냈다. 노인이 옳았다. 도르는 세계 최초의 타임 키퍼였다. 이후 인류는 그의 단순한 막대와 그릇을 발전시켜서 수많은 장치를 만들어냈다.

도르는 그 모두에 익숙해졌다. 뒤셀도르프의 어느 박물관에서 경비원이 몇 미터 떨어진 곳에 얼어붙어 있는 가운데 전시된 고대 시계들을 모두 분해한 뒤 스프링과 코일을 살펴보았다. 그는 프랑크푸르트의 벼룩시장에서 버튼을 누르면 앞뒤로 시간이 넘어가는 라디오를 찾아냈다. 도르는 뒤로 가기 버튼을 누른 채 수요일, 화요일, 월요일로 시간이 점점 당겨지는 것을 지켜 보면서 그렇게 시간을 되돌려서 자신이 집으로 돌아갈 수 있다면 얼마나 좋을까 하고 생각했다.

'자네는 세속적인 시간의 아버지야.'

정말 그가 이 모든 것을 책임질 수 있을까? 도르는 동굴에서 고통받았던 수십 세기를 생각했다. 그는 시계를 보는 사람들이 모두 어떤 식으로 대가를 치르는지 궁금했다.

도르는 마침내 해안에 도착했다.

그는 독일 베스테르헤베르에서 등대와 마주쳤다. 그는 등대와 북해에 대해 읽었다. 그는 파도가 부서지는 것을 지켜보기 위해 모래시계를 뒤집었다. 그리고 다시 뒤집었다.

현대 세계와 관련된 그의 교육은 끝났다. 단 하루를 관찰하는 데 100년이 걸렸다.

그는 바람 소리에 귀를 기울였다. 그가 들어야 할 소리가 들려왔다.

"또 한 번의 인생을."

"그만 끝내주세요."

그는 꼼짝 않는 바닷물을 헤치고 걸었다.

그리고 헤엄을 치기 시작했다.

39

도르는 대서양을 건넜다.

그는 저녁 7시 2분에 독일을 떠나 낮 1시 3분에 맨해튼에 도착했다. 시간을 거슬러 헤엄쳤던 것이다.

추위나 피로는 느끼지 못했다. 물을 휘저으면서 자신이 지켜본 모든 것과 수천 년 전에 작별 인사도 못하고 떠나보낸 사람들을 떠올렸다. 아버지, 어머니, 자식들, 그리고 사랑하는 아내.

'자네의 여정이 끝나면 알게 될 거야.'

그것이 언제일지 궁금했다. 무엇을 배워야 하는지도 궁금했다. 대양을 가로지르는 동안 가장 궁금했던 것은 언제쯤 그도 다른 모든 사람처럼 죽는가였다.

육지에 도착하자마자 도르는 하역장으로 올라갔다.

야구 모자를 쓰고 수염이 까칠하게 자란 부두 노동자가 그를 보았다.

"이봐, 친구, 도대체 어디서 오는 건가?"

그는 말을 잇지 못했다.

도르가 모래시계를 뒤집었기 때문이다. 그는 거대한 스카이 라인을 올려다보면서 자신이 가장 낯선 곳에 와 있는 것을 깨달았다.

도르가 유럽에서 100년 동안 관찰한 그 모든 것과 비교해도 뉴욕은 상상할 수 없는 거대도시였다.

거의 숨 쉴 틈도 없이 다닥다닥 붙은 건물들은 엄청나게 높았다. 그리고 사람들도 엄청나게 많았다. 거리 모퉁이로 몰려들고 가게에서 쏟아져 나왔다. 도르는 도시 전체를 느리게 움직이게 하고는 사람들 사이를 힘들게 헤치고 다녔다.

그는 '브라보!'라는 가게에서 바지와 검은 터틀넥을 가져왔다. 그는 일본 식당의 옷걸이에서 자신에게 어울리는 코트를 발견했다.

그는 거대한 고층 빌딩들 사이를 걸으면서 님의 탑을 떠올렸다. 인간의 끝없는 야심에 대해 생각했다.

도시

매일 뉴욕의 저녁 해가 지면
도르는 고층 건물들 위로 올라가 그 끝에 앉았다.
그는 모래시계를 돌려놓고 느리게 흐르는 순간 속에
그 도시를 잡아두었다.

40

시곗바늘은 쉼 없이 움직일 것이다.

이 말은 도르가 처음으로 그림자를 표시하던 순간부터 진실이었다.

어린 도르는 모래 위에 앉아 내일도 오늘과 같은 순간이 있을 것이고 모레도 내일과 같은 순간이 있을 것이라고 예언했다. 도르 이후 인류는 그 생각을 더 분명하게 다듬어서 점점더 삶을 정확하게 셌다.

해시계는 건물 입구마다 자리 잡았다. 거대한 물시계는 도시의 광장에 세워졌다. 막대와 폴리옷이 달린 추시계로 작동하는 기계가 등장하면서 시계탑과 괘종시계 그리고 탁상 시계들이 나타났다.

그다음에는 한 프랑스 수학자가 시계에 줄을 매서 손목에 달고 다녔다. 말 그대로 인간은 몸에 시간을 입고 다니게 되었다.

그 정확성도 아주 놀라울 만큼 향상되었다. 분침은 16세기에야 발명되었지만 17세기경에 제작된 추시계의 오차는 하루에 1분도 되지 않았다. 100년도 지나지 않아 오차는 1초 이내가 되었다.

시간은 산업이 되었다. 인간이 세상을 시간대로 나누면서 교통수단은 정확한 시간표대로 움직일 수 있게 되었다. 기차는 정확한 순간에 떠났다. 배는 정각에 도착하기 위해 엔진을 높였다.

사람들은 알람 소리를 듣고 깨어났다. 사업장은 '영업시간'을 지켰다. 모든 공장에는 호각이 울렸다. 모든 교실에는 시계가 있었다.

"몇 시예요?"는 모든 외국어 교재 첫 페이지에 실리는 세계에서 가장 일반적인 질문이 되었다.

'왓 타임 이즈 잇?'

'퀘 오라 에스?'

그 질문을 던진 최초의 인간인 도르는 운명의 도시에 도착한 뒤 시간에 에워싸인 곳에서 일자리를 얻었다.

바로 오래된 시계 상점이었다.

바람결에 울려 퍼지던 "또 한 번의 인생을."과 "그만 끝내주세요."라는 두 개의 말.

마치 시침과 분침 같은 그 두 개의 바늘이 모이기를 기다렸다.

41

빅토르의 리무진이 로어맨해튼을 서서히 지나갔다.

리무진은 모퉁이를 돌아 자갈이 깔린 길로 접어들었다. 그 길
은 어느 가게의 진입로였다. 딸기색의 차양에 거리 이름이 적
혀 있었지만 정문에는 해와 달이 새겨져 있을 뿐 가게 이름은
적혀 있지 않았다.

"오처드 143번지입니다." 운전기사가 알려주었다.

직원 두 명이 먼저 차에서 내리더니 빅토르를 휠체어에 옮
겼다. 한 사람이 문을 잡았고 다른 사람이 휠체어를 밀었다.
휠체어가 삐걱거렸다.

마치 또 다른 시대로 들어선 것처럼 가게 안은 퀴퀴하고 오
래된 냄새가 났다. 나이 지긋한 백발의 창백한 남자가 격자무
늬의 조끼와 푸른 셔츠를 입고 코에 금속 안경을 걸친 채 카

운터 뒤에 서 있었다. 빅토르는 그가 독일인일 것으로 생각했다. 그는 여러 나라를 여행한 덕에 국적을 잘 알아맞혔다.

"구텐탁, 안녕하세요." 빅토르가 말했다.

"독일에서 오셨습니까?" 그 남자가 미소 지었다.

"아니, 당신이 독일인 같아서요."

"아." 그가 눈썹을 치켜 올렸다.

"무엇을 찾아드릴까요?"

빅토르가 전시된 시계들을 살펴보며 더 가까이 휠체어를 밀었다. 온갖 시계가 있었다. 대형 괘종시계, 탁상시계, 유리문이 달린 부엌시계, 조명 시계, 학교 시계, 종과 알람이 달린 시계, 야구공과 기타 모양의 시계들, 추 대신 꼬리를 움직이는 고양이 시계, 그리고 추시계들.

마치 1초 1초를 좌우로 밀어내듯이 벽에서도, 천장에서도, 유리 뒤에서도 추시계들이 똑딱이며 움직이고 있었다. 문이 열리고 뻐꾸기가 나오더니 11번의 종소리와 함께 11번의 뻐꾹 소리가 들려왔다. 빅토르는 뻐꾸기가 문 뒤로 미끄러져 들어가는 모습을 지켜보았다.

"여기서 가장 오래된 회중시계를 사고 싶은데요."

"가격은요?"

"상관없소."

"그럼…… 잠깐만요."

오래된 시계 상점 주인은 누군가에게 뭔가를 중얼거렸다.

빅토르는 기다렸다. 그의 마지막 크리스마스까지 두어 주밖에 남지 않았다. 자신에게 시계를 선물하기로 했다. 그는 냉동되는 순간 시계를 멈추라고 부탁해둘 것이다. 그리고 신세계에 이르는 순간 다시 시계를 움직이게 할 것이다.

빅토르는 이런 식의 상징적인 행동을 좋아했다. 어쨌든 이건 괜찮은 투자였다. 오늘날의 골동품은 몇 세기 후면 더 가치가 있을 테니까.

"점원이 도와줄 겁니다." 주인이 말했다.

뒤쪽에서 마른 근육질의 남자가 걸어 나왔다. 빅토르는 그가 30대 중반일 것이라고 추측했다. 그는 제멋대로 뻗은 검은 머리에 검은 터틀넥을 입고 있었다. 빅토르는 그의 국적을 짐작해보려고 했다. 돌출한 광대뼈에 조금 펑퍼짐한 코. 서아시아 사람인가? 어쩌면 그리스인?

"가장 오래된 회중시계를 찾고 있습니다."

그 남자가 눈을 감았다. 생각에 잠긴 것 같았다. 참을성 없는 빅토르가 주인을 슬쩍 쳐다보자 어깨를 으쓱였다.

"그는 아주 아는 것이 많죠." 주인이 속삭였다.

"음, 그렇다고 평생을 잡아먹으면 안 됩니다." 빅토르가 말했다.

그는 싱긋 웃었다.

"아니면 또 한 번의 인생까지 잡아먹으면 안 되지요."

나이와 국적을 가늠하기 어려운 점원은 그 말을 듣자 눈을
번쩍 떴다.

'또 한 번의 인생을!'

42

다음 주에 노숙자 쉼터를 찾은 에단은 상냥하지 않았다.
세라는 무슨 일이 있나 보다고 생각했다. 아마도 그는 피곤한
것 같다. 그녀는 땅콩버터 크래커 봉지에 작고 빨간 리본을 묶
었다. 그녀는 내심 입맞춤을 바랐다. 하지만 에단은 크래커를
보고 히죽 웃으면서 말했다.

"그래, 고마워."

세라는 무슨 말을 해야 할지 난감했기 때문에 둘이 함께한
밤에 관해 이야기하지 않았다. 그녀는 술 때문에 모든 일을
자세히 기억하지 못한다는 사실을 인정하기가 당황스러웠다.
영어 시간에 『캔터베리 이야기』를 모두 암기했던 세라 레몬이
말이다. 게다가 그날 밤에 대해서는 말을 적게 하는 편이 오히
려 낫겠다고 판단했다.

대신 그녀는 신체적으로 친밀해지기 전에 그랬던 것처럼 둘의 공통점에 대해 좀 더 대화를 나누기로 했다. 하지만 뭔가가 어긋났다. 그녀가 어떤 주제를 꺼내든 에단은 단답형으로 대답했다.

"무슨 일이야?"

"아무것도 아냐."

"정말이지?"

"그냥 피곤해서 그래."

그들은 아무 말 없이 상자들을 풀었다. 결국 세라가 "그 보드카, 좋았어."라고 불쑥 말했지만 그 말은 겉치레처럼 들렸다. 에단이 활짝 웃으며 "술만 한 건 없지."라고 말하자 세라가 웃었다. 하지만 웃음소리가 너무 컸다.

에단은 쉼터를 떠나며 손을 번쩍 들고 "다음 주에 보자."라고 말했다. 세라는 그가 '레몬 에이드'라고 덧붙여주기를 바랐다. 그러나 에단이 '레몬 에이드'라고 말하지 않자 스스로 '레몬 에이드'라고 말해버렸다.

'맙소사, 내가 말해버린 거야?' 그녀가 생각했다.

"그래. 레몬 에이드." 에단이 말했다.

그는 문으로 걸어 나갔다.

그날 오후 세라는 엄마에게 한마디도 하지 않고 통장에서 돈을 찾은 다음 한 시간 거리인 뉴욕으로 가는 기차를 탔다. 특별한 시계를 사기 위해서였다.

때로 우리는 원하는 사랑을 얻지 못하면 뭔가를 퍼줌으로써 사랑을 얻으려고 한다.

43

빅토르는 그 점원이 일을 잘한다는 사실을 인정해야 했다.

점원은 1784년에 제작된 시계를 찾아왔다. 18금으로 테두리가 장식되고 별들 아래에 아버지, 어머니, 아이 이렇게 세 사람이 그려져 있는 회중시계였다. 하얀 에나멜 숫자판에는 로마 숫자가 박혀 있었다. 시곗바늘은 은이었다. 태엽이 풀리면서 구동력이 약해지는 것을 막아주는 장치가 들어 있는 골동품 시계였다. 정각이 될 때마다 작게 종소리도 났다. 제작 연도를 생각하면 아주 상태가 좋았다.

우연히도 프랑스에서 제작된 시계였다.

"나도 거기서 태어났소." 빅토르가 말했다.

"알고 있습니다."

"어떻게 알았어요?"

"목소리를 듣고요." 점원이 어깨를 으쓱였다.

목소리? 빅토르는 외국인의 억양이 없었다. 그는 잠시 생각하다가 이내 흘려버렸다. 그는 손바닥에 착 감겨오는 그 시계에 더 관심이 있었다.

"당장 가져가도 될까요?"

상점 주인은 고개를 흔들었다.

"시계가 문제없는지 며칠 확인해야 합니다. 아주 오래된 시계니까요."

리무진 뒤에 앉은 빅토르는 시계 가격을 듣지 못한 것을 깨달았다.
중요하지는 않았다. 그는 오랫동안 가격은 묻지 않고 살았다.

그는 약을 몇 알 삼키고는 남은 진저에일을 한 모금 마셨다. 몇 달째 위와 신장 주위가 쑤셨다. 하지만 그의 시간이 다 되어간다는 공포마저도 다른 일들처럼 사무적으로 처리되고 있었다.

그는 시계를 보았다. 오늘 오후에 법률팀과 상담할 것이다. 다음에는 인체냉동보존 업체의 서류들을 꼼꼼히 살펴볼 것이다. 마지막으로 그는 집으로 가 그레이스에게로 돌아갈 것이다. 그녀는 틀림없이 자극이 없고 맛도 없는 채소와 함께 그를 기다리고 있을 것이다. 그것만 봐도 그들은 정말 다르다고 생각했다. 그레이스는 빅토르의 남은 나날을 늘리려 하지만 그는 또 다른 생을 계획하고 있었다.

그는 손바닥에 완벽하게 감기던 회중시계를 다시 떠올렸다. 그는 시계 가게에서 얼마나 힘을 얻었는지 깨닫고는 깜짝 놀랐다. 이것 역시 그레이스에게 말할 수는 없었다.

44

뉴스캐스터는 세상의 종말을 이야기하고 있었다.

세라는 기차역의 TV로 다가갔다. 마야 달력에 따르면 세상이 다음 주에 끝나기로 되어 있다고 떠들고 있었다. 어떤 사람은 영적인 각성을 예언했다. 어떤 사람은 지구가 블랙홀과 충돌할 것이라고 예상했다. 세상 사람들은 교회, 광장, 들판, 바다 근처에 모여서 세상의 마지막을 기다리고 있었다. 세라는 에단에게 말해주어야겠다고 생각했다. 그녀는 휴대전화를 꺼내 그에게 문자를 적었다.

"화요일에 세상이 멸망한대."

그녀는 '보내기' 버튼을 누르고 기다렸다. 답이 없었다. 아마 그의 휴대전화가 꺼져 있겠지. 아니면 주머니에 들었든지.

기차가 오자 그녀가 올라탔다. 그녀의 지갑에는 통장에 있

던 755달러가 들어 있었다. 잠시 그 돈이면 영화를 몇 편이나
볼 수 있을까 궁금했다.

45

빅토르의 사무실은 주말이었지만 분주했다.

그의 회사에는 이런 말이 돌았다.

'토요일에 출근하지 않을 거면 일요일에도 출근하지 마라.'

비서 로저가 휠체어를 밀고 복도를 지나는 동안 빅토르는 직원들에게 고개를 끄덕였다. 큰 키에 창백한 로저는 두 뺨이 사냥개처럼 늘어졌다. 그는 거의 항상 빅토르 곁을 지켰고, 한결같이 충성스러웠다. 빅토르는 그에게 후하게 보답할 것을 약속했다.

로저가 회의실로 휠체어를 미는 동안 빅토르가 중얼거렸다. '오후로군.' 겨울 해가 블라인드 틈으로 비쳤다. 회의실에는 다섯 명의 변호사가 기다란 테이블에 모여 있었다.

"자. 뭐죠?"

한 변호사가 서류 더미를 밀어내며 몸을 앞으로 숙였다.

"엄청나게 복잡하군요, 빅토르." 그가 말했다.

"우리는 현행법에 따라 서류를 준비할 뿐입니다."

"미래의 판결들은 그 서류들을 무용지물로 만들 수 있습니다." 또 다른 변호사가 덧붙였다.

"모든 것을 방어할 수는 없습니다." 세 번째 변호사가 말했다.

"우리가 얼마나 오랫동안 이야기를 나누느냐에 달려 있죠." 첫 번째 변호사가 말했다.

"재산은 그레이스에게 넘어가게 됩니다." 네 번째 변호사가 말했다.

빅토르는 그녀가 이 계획에 대해 전혀 알지 못한다는 사실을 다시 한 번 떠올렸다. 그는 심한 죄책감을 느꼈다.

"계속해요." 그가 말했다.

"하지만 그렇게 되면 모든 것이 그녀 마음대로죠. 그녀가 죽을 때 당신에게 재산을 다시 돌려주는 부분에 대해서 법은 모호한 태도를 하고 있습니다."

모두가 주위를 두리번거렸다.

"죽은 사람에게 말입니까?" 빅토르가 말했다.

그 변호사가 어깨를 으쓱였다.

"지금 당장 펀드를 만드는 것이 낫습니다. 보험이나 특별한 신탁을 말이죠."

"다이너스티 신탁이죠." 첫 번째 변호사가 끼어들었다.

"맞아요. 증손자의 교육을 위한 신탁과 같은 종류죠. 이런 식으로 해놓아야 그레이스가 죽고 나서 돈은 당신에게 되돌아갑니다. 당신이……, 정확히 뭐라고 해야 하죠?"

"되살아났을 때?"

"네, 되살아났을 때요."

빅토르가 고개를 끄덕였다. 그는 아직 그레이스를 생각하고 있었다. 그리고 그녀 몫으로 얼마나 챙겨둘지도. 그녀는 항상 돈 때문에 결혼한 것이 아니라고 말했다. 그래도 그녀에게 넉넉하게 남겨주지 않으면 어떻게 될까?

"빅토르 들라몽트 씨." 세 번째 변호사가 물었다.

"그렇다면 계획상으로는 언제……?"

빅토르도 코웃음이 나왔다. 모두 그 단어를 생경해했다.

"병세를 보면 올해 말쯤에는 냉동되어야 합니다. 시기적으로도 그게 이롭지 않을까요?"

변호사들이 서로 바라보았다.

"서류 작업이 더 쉬워질 겁니다." 한 명이 말했다.

"그러면 새해 전날로 하죠." 빅토르가 말했다.

"시간이 많지 않군요." 한 변호사가 말했다.

빅토르가 휠체어를 창가로 밀고 가서 건물의 옥상들 너머를 내려다보았다.

"맞아요." 그가 말했다.

"나는 시간이 많지 않습니다."

그는 믿기지 않아 몸을 앞으로 숙이고 빤히 바라보았다. 길 건너 고층 건물에 한 남자가 두 발을 대롱거리며 앉아 있었다. 그는 품에 뭔가를 안고 있었다.

"저게 뭐죠?" 한 변호사가 물었다.

"죽고 싶어하는 미치광이죠." 빅토르가 말했다.

그래도 그는 눈을 돌릴 수 없었다. 그 사람이 걱정스러워서가 아니었다. 그가 빅토르의 창문을 똑바로 쏘아보는 것 같아서였다.

"자. 포트폴리오부터 시작할까요?" 한 변호사가 말했다.

"네? 아, 그럽시다."

빅토르는 블라인드를 내리고 자신이 죽으면서 얼마나 가져갈 수 있을지를 다시 고민했다.

46

세라는 오래된 시계 상점 앞에 서서 문에 새겨진 해와 달을 바라보았다.

가게 이름은 적혀 있지 않지만 여기가 틀림없었다. 그녀는 가게 안으로 들어서면서 박물관에 들어가는 기분이었다.

"도와줄까요?"

상점 주인은 2학년 때 화학 선생님을 닮았다. 흰머리에 작은 안경을 썼고 가죽 조끼를 입었다. 세라는 자신이 찾는 시계에 대해서 설명했다.

"이런 시계가 있는지, 아마 없겠죠. 혹시 이런 것이 만들어졌지도 모르겠지만……."

상점 주인이 손을 들었다.

"알 만한 사람을 데려올게."

그는 머리카락이 제멋대로 뻗고 표정은 심각한 터틀넥 차림의 남자를 데리고 돌아왔다. 세라는 그 남자가 조금 잘생겼다고 생각했다.

"안녕하세요." 세라가 말했다.

그는 말없이 고개를 끄덕였다.

"영화에 나온 시계인데요. 아마 여기는 없을 거 같은데……."

10분 후에도 그녀는 설명 중이었다.

그 시계에 대해서보다는 에단에 대해서, 그리고 그 시계가 좋은 선물이 될 것 같은 이유에 대해서 설명했다. 카운터 뒤의 남자는 말을 나누기가 편했다. 그는 마치 영원이라는 시간을 가진 것처럼 참을성 있게 들어주었다. 그녀는 에단에 대해 엄마에게도 말하지 않았고 학교의 누구에게도 털어놓지 않았다. 이유는 에단이 아무에게도 말하지 않았을 것이기 때문이다. 그래서 처음으로 누군가에게 에단 이야기를 하는 것이 편안하게 느껴졌고 재미있기까지 했다.

"그는 때로 조용한 편이에요." 그녀가 말했다.

"그리고 항상 문자 메시지에 답을 하지 않아요."

그가 고개를 끄덕였다.

"에단은 그 영화를 좋아해요. 영화 주인공이 찬 그 삼각형 시계를 찾고 있어요. 난 그를 놀라게 해주고 싶어요."

그 남자가 다시 고개를 끄덕였다. 뻐꾸기 시계가 울렸다.

5시였기 때문에 뻐꾸기가 다섯 번 울었다.

"으아, 됐어요." 그녀가 귀에 두 손을 대면서 말했다.

"시계 소리 좀, 그만 끝내주세요."

그 말을 듣자 오래된 시계 상점의 점원은 마치 그녀가 위험에라도 빠진 것 같은 놀란 표정을 지었다.

"뭐라고요?"

뻐꾸기 소리가 멈췄다.

'그만 끝내주세요!'

어색한 침묵이 흘렀다.

"음……." 세라가 말했다.

"시계를 좀 보여주면 맞는지 볼게요."

"좋은 생각이네." 주인이 끼어들었다.

그 남자가 뒤로 들어갔다. 세라는 손가락으로 카운터를 두드렸다. 세라는 현금등록기 근처에 보석으로 장식된 상자가 열려 있는 것을 보았다. 상자 안에는 그림이 그려진 오래된 회중시계가 들어 있었다. 아주 비싸 보였다.

점원이 상자를 들고 다시 나타났다. 상자에는 「맨 인 블랙」의 사진이 찍혀 있었다.

"맙소사, 있었어요?" 세라가 흥분해서 말했다.

그가 상자를 건네주자 그녀가 열어보았다. 안에는 삼각형의 반짝이는 검은 시계가 들어 있었다.

"맞아요! 아주 좋아요."

그 남자가 고개를 갸울였다.

"그런데 너는 왜 그렇게 슬픈 거니?"

"네?" 세라가 눈을 가늘게 떴다.

"무슨 소리예요?"

그녀는 주인을 바라보았고 그도 당황한 것 같았다.

"그는 자기 일은 아주 잘한단다." 그가 사과하듯이 말했다.

슬퍼 보인다고? 세라는 그 질문을 털어내려고 했다. 그녀가
어떻게 느끼든 그와는 상관없었다.

세라는 고개를 숙여 상자에 찍힌 가격을 보았다. 249달러.
그녀는 갑자기 기분이 나빠져 어서 그곳을 나가고 싶었다.

"좋아요, 살게요." 그녀가 말했다.

그 남자가 그녀를 동정하듯이 바라보았다.

"에단이라고 했지." 그가 말했다.

"그가 뭐요?"

"너의 남편이니?"

"네?" 그녀가 소리를 질렀다. 그녀는 자신이 미소 짓고 있는
것을 깨달았다.

"아니에요! 맙소사. 난 고등학교 3학년이란 말이에요."

그녀가 머리카락을 뒤로 쓸어 넘겼다. 갑자기 기분이 좋아
졌다.

"뭐, 언젠가 결혼할지도 몰라요. 하지만 지금은 그냥 남자 친구예요."

그녀는 남자 친구란 말을 써본 적이 없었다. 그래서인지 마치 짧은 스커트를 입고 탈의실에서 걸어 나오는 것처럼 부끄러웠다. 하지만 오래된 시계 상점의 남자도 미소 짓고 있었다. '남자 친구'라는 단어가 멋지게 들렸기 때문에 그녀는 왜 슬프냐고 물은 그를 용서하기로 했다. 그녀는 다시 그 단어를 말하고 싶었다.

47

매일 뉴욕의 저녁 해가 지면 도르는 고층 건물들 위로 올라가 그 끝에 앉았다.

그는 모래시계를 돌려놓고 느리게 흐르는 순간 속에 그 도시를 잡아두었다. 그러면 자동차의 소음은 요란하게 웅웅거리는 단 하나의 소리로 쭈그러들었다. 수많은 고층 건물들 사이로 하늘이 어두워지면 앨리와 함께 하루가 끝나가는 모습을 지켜본다고 상상했다.

도르는 자거나 먹지 않아도 되었다. 그는 완전히 다른 시간의 격자 위를 살아가는 것 같았다. 하지만 그가 생각하는 것들은 늘 같았다. 마침내 어둠이 내려앉자 베일을 쓰고 있던 앨리와 그들이 결혼하던 밤의 달을 떠올렸다.

'그녀는 나의 아내입니다.'

도르는 앨리가 지독히 그리웠다. 그는 이 신비한 여행에 대해 그녀에게 이야기해줄 수 있기를 바랐다. 어떤 운명이 기다리는지 그녀에게 물어볼 수 있기를 바랐다. 마침내 두 사람을 찾았지만 수많은 사람 중에 왜 하필이면 휠체어를 탄 남자와 사랑에 빠진 소녀인지 그 이유를 아직 알지는 못했다.

도르는 모래시계에서 벌 받는 동안 동굴 벽에 새겼던 상징들을 보았다.

그 상징들은 동굴 벽에서 떨어져 나와 모래시계의 잘록한 부분에 고리처럼 걸렸다. 도르는 시간을 다스리는 힘 덕분에 이 새로운 세상에서 무엇이든 가질 수 있었다. 하지만 무엇이든 가질 수 있는 사람은 쉽게 만족하지 못한다. 그리고 기억이 없는 인간은 껍질에 불과하다.

그래서 도시 위에 홀로 앉은 시간의 아버지는 단 하나의 물건만을 들고 있었다. 바로 그의 이야기가 담긴 모래시계이다. 그리고 그는 다시 한 번 소리 내어 자신의 삶을 읊었다.

"이건 우리가 언덕을 달려 올라갔을 때고, 이건 앨리가 던진 돌이고, 이건 우리가 결혼한 날이고……."

48

빅토르는 두 개의 주삿바늘을 바라보았다. 그는 숨을 내쉬었다.

그는 거의 1년 가까이 투석을 하고 있었다. 매번 투석이 점점 더 싫어졌다. 피부 아래 혈관이 이식되고 팔에 1센티미터 정도의 튜브가 매달리던 날부터 그물에 잡힌 짐승이 되어버린 기분이었다. 일주일에 세 번, 한 번에 네 시간. 피가 빠져나갔다가 되돌아오는 모습을 지켜보는 것은 죽도록 지루했다.

빅토르는 이식 혈관에 의지해 삶을 이어갔다. 그레이스는 "처지가 같은 사람들과 이야기를 나누면 도움이 됩니다."라던 의사의 말에 동조했다. 하지만 그는 투석 중에 다른 환자들과 같은 병실을 쓰는 것을 거부했다. 빅토르에게 그들은 같은 처지에 놓인 사람들이 아니었다. 그들은 기껏 한 달이나 1년을 더 살겠지만 그는 완전히 새로운 삶을 계획하고 있었다.

그는 컴퓨터, 텔레비전, 라디오, DVD 등이 갖춰진 1인실을 빌리고 개인 간호사를 두었다. 투석하는 네 시간 동안 몇 미터 떨어진 곳에 비서 로저를 머물게 하고는 담요 위에 무선 키보드, 테이블에 블랙베리를 올려두고 귀에는 휴대전화 이어폰을 낀 채 일을 했다.

간호사가 클립보드를 들고 들어왔다.

"오늘은 어떠셨어요?" 그녀가 물었다. 빨간 머리의 간호사는 뚱뚱했다. 그녀의 옷은 가슴과 허리 부분이 팽팽하게 당겨져 있었다.

"좋기만 하군요."

"다행이네요."

지친 그는 간호사 너머를 바라보며 몽롱해했다. 또다시 이런 일주일을 보낸 후 새해 전날이면 그는 모든 것에서 풀려나 새로운 세계로 가는 구명정을 탈 것이다.

눈을 깜박이자 한쪽 구석에 사람 크기의 그림자가 보였다. 하지만 그가 다시 눈을 깜박이자 그림자는 사라지고 없었다.

그 그림자는 도르였다.

그는 들키지 않게 그 건물을 탐험했다. 기계와 의료진 사이를 돌아다니면서 오랫동안 관찰했음에도 치료 과정은 여전히 어리둥절하게 했다. 그는 어쨌든 이곳은 병자들을 치료하는 곳이라고 이해했다. 그는 현대 의학을 목격할 때마다 익숙한 슬품을 느꼈다.

앨리는 담요에 누워 홀로 죽었다. 그녀가 이 시대 사람이라면 오래 살았을까? 그는 자신이 태어난 시대에 따라 삶과 죽음이 결정되는 것이 공정한지 고민했다.

도르는 1인실의 커다란 기계를 살펴보고 피가 몸으로 드나드는 모습을 지켜보았다. 그리고 귀에 뭔가를 꽂은 빅토르에게 다가갔다. 도르는 자신의 운명에 닿기 위해 빅토르의 운명에 끼어들어야 했다.

님처럼 다른 사람들보다 호의호식하는 이 빅토르라는 사람은 도대체 몇 살이나 되었을까? 주름진 피부와 빈약한 머리카락과 팔의 검버섯을 보면 긴 세월을 살아온 것 같았다. 그러나 도르는 눈썹을 찡그리고 입술을 앙다문 빅토르의 표정에 어떤 감정이 담겨 있는지 알아보았다.

사람은 병에 걸리면 두려움을 느낄지도 모른다. 하지만 이 사람은 화가 난 것 같았다.

아니, 더 들어맞는 단어가 있었다.

안달하는 것 같았다.

49

선물은 준비되었으니 언제 어디서 전해줄지가 문제였다.
세라는 계속 문자를 보냈지만 답은 없었다. 에단의 휴대전화
가 고장 난 것 같았다. 그렇다면 어떻게 연락하지? 크리스마스
까지는 며칠밖에 남지 않았다. 복잡한 학교 복도에서 그를 만
난다는 보장은 없었다. 게다가 둘이 학교에서 아는 척하는 적
은 없었다. 그들의 관계는 작은 비밀이었다.

그녀는 그가 방과 후에 실내 체육관에서 달리기 연습을 한
다는 것을 알았다. 그래서 체육관 밖에서 기다렸다가 '우연히'
그와 부딪히기로 했다. 그녀는 포장한 선물을 들고 복도를 지
나가는 아이들을 외면한 채 서 있었다.

디자이너의 옷을 입은 인기 있는 소녀들, 운동으로 몸이 건
장하게 다져진 아이들, 유행을 좇아 검은 테의 안경과 멋진

모자를 쓴 아이들, 찢어진 검은 티셔츠와 스터드 이어링을 한 찡그린 표정의 아이들도 있었다. 그중에는 그녀가 몇년 동안 말 한마디 나눠보지 않은 아이들도 있었다.

고등학교는 그런 곳이었다. 한번 평판이 정해지면 좀처럼 벗어날 수 없었다. 세라 레몬에게 내려진 판결은 너무 똑똑하고 너무 뚱뚱하고 너무 이상하다는 것이었다. 그래서 아이들은 굳이 그녀에게 말을 걸지 않았다. 그녀는 에단이 나타나기 전까지는 졸업만 손꼽아 기다렸다.

그녀에게 내려진 판결에 감히 맞선 에단, 굉장한 에단. 그는 그녀를 원했다. 그를 남자 친구로 두다니 이제 어른이 된 것 같았다. 그녀는 자랑하고 싶었다.

그녀는 초등학교 3학년 때부터 알던 두 명의 소녀 에바와 애슐리가 꼭 들러붙는 줄무늬 탑에 세라는 다리를 밀어 넣을 수도 없는 꼭 끼는 청바지 차림으로 다가오는 것을 보았다. 그들은 그녀 쪽을 흘깃거렸고 반사적으로 발을 내려다보았다. 그녀는 마음속으로 외쳤다.

'내가 누굴 기다리는지 알아?'

하지만 순간 그녀의 휴대전화가 울렸다. 전화한 사람이 그녀의 어머니임을 알리는 거친 헤비메탈 기타 연주였다. 세라가 재빨리 휴대전화를 꺼내 벨소리를 멈추는데 에바와 애슐리의 웃음소리가 들려왔다.

갑자기 거기 있는 것이 부끄러웠다. 에단의 선물을 코트 주머니에 넣고 그 자리를 빠져나왔다. 그는 우연이라고 믿지 않을 것이고 사실대로 말하는 수밖에 없었다. 말 그대로 그녀가 그를 쫓아다니고 있다고…….

밖으로 나온 그녀는 다시 문자를 보냈다.

50

빅토르가 휠체어를 밀고 사무실로 들어가서 문을 닫았다. 그제야 오래된 시계 가게 점원이 벽에 기대어 있는 것을 알아차렸다.

"여기 어떻게 들어왔습니까?" 빅토르가 물었다.

"시계가 준비되었습니다."

"비서가 들여보내 줬습니까?"

"직접 시계를 가져다주고 싶었습니다."

빅토르는 말을 멈췄다. 그는 머리를 긁적였다. 점원은 가방으로 손을 뻗었다. 정말 이상한 사람이라고 빅토르는 생각했다. 그가 내 직원이라면 수줍고 따분한 연구원으로 일하면서 언젠가 회사를 금광으로 바꿔줄 상품을 개발하겠지.

"시계에 대해 어디서 그렇게 배웠지요?" 빅토르가 물었다.

"한때 관심이 많았죠."

"지금은 아닙니까?"

"그렇습니다."

그는 반짝반짝하게 닦인 보석 상자를 열고 회중시계를 건네주었다.

빅토르가 미소 지었다.

"열심히도 닦았군요."

"왜 그런 시계를 원하십니까?"

"왜냐구요?" 빅토르가 숨을 내쉬었다.

"음, 곧 먼 여행을 떠나게 되는데 튼튼한 시계가 있었으면 해서요."

"어디로 가시죠?"

"그냥, 쉬러 간다고나 할까요? 당신도 가끔은 그 뒷방에서 나오잖아요. 그렇죠?"

"예. 다른 곳에 다녀오곤 하죠."

"그렇지요. 바로 그겁니다." 빅토르가 말했다.

빅토르는 점원을 살펴보았다. 그는 뭔가 어긋나 있었다. 그렇다고 옷이 그렇게 어색하지 않았다. 하지만 그의 말이 뭔가 어색했다. 단어들을 맞게 썼지만 마치 책에서 빌린 것처럼 자연스럽지 않았다.

"저번에 가게에서 내가 프랑스 출신인 걸 어떻게 알았죠?"

점원은 어깨를 으쓱였다.

"어디서 읽은 거요?"

고개를 흔들었다.

"인터넷?"

아무 대답이 없었다.

"난 심각해요. 어서 말해보시오. 내가 프랑스 출신인 걸 어떻게 알았어요?"

남자가 몇 초 동안 바닥을 내려다보았다. 그러더니 그의 눈이 빅토르를 곧장 바라보았다.

"당신이 어린 시절에 뭔가를 달라고 애원하는 걸 들었어요. 지금처럼 그때도 당신은 시간을 원했죠."

51

세라는 아이디어를 어머니에게서 얻었다.

로레인은 저녁 식사인 치킨 팟 파이를 먹으면서 친구들끼리 쉰 살 기념 팔찌를 샀다는 이야기를 하고 있었다. 그들은 팔찌에 메시지를 새겼다고 했다.

로레인이 그 말을 하자마자 세라는 에단을 생각했다. 시계 뒤에 메시지를 새겨? 왜 그 생각을 하지 못했을까?

"세라? 듣고 있니?"

"뭐? 응."

다음 날 세라는 수업을 두 시간 빼먹고는 기차를 타고 다시 뉴욕으로 갔다. 이 같은 행동은 처음이었지만 에단을 위해서는 그래야만 했다.

늦은 오후 시계 상점에 들어섰을 때 이번에도 손님은 그녀뿐이었다. 안타까웠다. 크리스마스에도 붐비지 않으면 이 상점은 대체 언제 붐빌까?

"아, 또 왔구나." 가게 주인이 그녀를 알아보았다.

"내가 여기서 시계를 샀잖아요?" 세라가 말했다.

"시계에 글자를 새겨줄 수 있어요? 그런 일도 하나요?"

주인이 고개를 끄덕였다.

"좋아요."

그녀가 가방에서 상자를 꺼내 카운터에 올려놓았다. 그녀는 뒷방으로 이어지는 문을 바라보았다.

"다른 분은 안 계세요?"

주인이 미소를 지었다.

"그가 해주기를 바라니?"

세라가 얼굴을 붉혔다.

"아, 아니에요. 그가 이런 일을 하는지 안 하는지도 몰랐는데요. 아무나 해주세요. 아니, 그가 해준다면. 하지만 누구든 괜찮아요."

그녀는 속으로는 그 남자가 해주기를 바랐다. 결국 그녀가 에단에 대해 이야기한 사람은 그 남자뿐이었기 때문이다.

"데려올게." 주인이 말했다.

잠시 후에 도르가 뒷방에서 나타났다. 여전히 검은 터틀넥을 입었고 머리카락도 여전히 제멋대로 뻗어 있었다.

"안녕하세요." 세라가 말했다.

그는 고개를 약간 갸우뚱하며 그녀를 바라보았다. 그의 표정은 정말 다정하다고 세라가 생각했다.

그가 시계를 집어 들고 물었다.

"뭐라고 새기고 싶니?"

세라는 간단한 메시지를 골라두었다.

그녀는 목소리를 가다듬었다.

"이렇게 새겨줄 수 있어요?"

가게 안에 다른 사람이 없는데도 그녀는 목소리를 낮추어 속삭였다.

"너와 함께 시간은 흘러간다."

도르가 당황해서 그녀를 바라보았다.

"무슨 뜻이야?"

세라가 눈썹을 치켜세웠다.

"너무 심각한가요? 내 생각에도 한심하게 들리네요. 그죠? 내 생각에 그는 운명 같아요. 하지만 그렇다고 난리 치고 싶지는 않아요."

도르가 고개를 흔들었다.

"그 문장 말이야. 그게 무슨 뜻이니?"

세라는 농담인지 진담인지 고심했다.

"시간은 흘러간다고요. 아시잖아요. 시간은 정말 빠르게 흘러가서 갑자기 작별을 고하게 하죠. 전혀 시간이 흘러간 것 같지 않은데 말이에요."

그의 눈이 흔들렸다. 그는 그 말이 마음에 들었다.

"시간은 흘러간다."

"너와 함께요." 그녀가 덧붙였다.

52

어린 빅토르는 장례식 후에도 아버지가 언젠가 마법처럼 돌아올 것이라고 생각했다.

신부, 눈물을 흘리는 가족, 나무 관……. 이 모두는 어른들이 사고를 당했을 때 거쳐야 하는 단계이다. 그는 엄마에게 물었고 그녀는 기도해야 한다고 답했다. 아마 신은 그들이 함께할 방법을 알 것이다. 그들은 작은 벽난로 옆에 무릎을 꿇었고 그녀는 그들의 어깨를 숄로 덮었다. 그녀가 눈을 감고 뭔가 중얼거리자 빅토르도 똑같이 따라했다.

"제발 아빠가 집으로 돌아올 수 있게 오늘이 어제가 되도록 해주세요."

소년의 말이 반짝이는 웅덩이를 통해 동굴로 울려 퍼졌다. 수백만 개의 목소리가 들려왔지만 아이의 애원은 색다르게 들렸고 도르는 그 단순한 부탁에 마음이 움직였다. 아이들이 시간을 되돌려달라고 부탁하는 경우는 아주 드물다. 대개 아이들은 마음이 급하다. 그들은 어서 학교 종이 울리기를 바란다. 어서 생일이 오기를 바란다.

도르는 빅토르의 목소리를 기억했다.

"제발 어제가 되게 해주세요."

그리고 나이가 들어도 목소리는 지문처럼 사람들을 구분해준다. 영원히 목소리에 귀를 기울여야 하는 운명을 지닌 사람에게는 그렇다. 도르는 빅토르가 가게에서 말을 거는 순간 그 목소리를 알아들었다.

그는 어제를 달라던 그 아이가 이제는 내일을 가지려 한다는 사실을 몰랐다.

빅토르는 다시는 기도하지 않았다.

그는 어머니가 다리에서 뛰어내리자 기도를 포기했고 어제를 포기했다. 미국으로 건너간 그는 시간을 잘 쓰는 사람이 성공한다는 사실을 배웠다. 그래서 그는 일했다. 자신의 삶을 빠르게 소모했다. 어린 시절을 일부러 떠올리지 않았다.

건물 맨 위층에 있는 그의 사무실에서 낯선 사람이 그가 묻어두었던 사실들을 일깨우고 있었다.

"당신이 어린 시절에 뭔가를 달라고 애원하는 걸 들었습니다."

시계 상점 점원이 말했다.

"지금처럼 그때도 당신은 시간을 원했죠."

"무슨 이야기를 하는 겁니까?"

회중시계를 가리켰다.

"우리 모두 잃어버린 것을 갈망하죠. 하지만 때로 우리는 지금 무얼 가졌는지를 잊어버립니다."

빅토르는 가족이 그려진 그 시계를 바라보았다.

고개를 들었을 때 그 남자는 사라지고 없었다.

빅토르는 속임수라고 생각하고 소리쳤다. "이봐요! 이리 와봐요!"

그는 휠체어를 밀고 문으로 갔다. 로저가 다가왔고 비서인 찰린도 왔다.

"괜찮으세요?" 찰린이 말했다.

"여기로 남자가 나오지 않았나?"

"남자요?"

그녀의 얼굴에서 근심스러운 표정을 보았다.

"아냐, 착각했어." 그는 당황해서 말했다.

그가 문을 닫았다. 심장이 두근거렸다. 이제 정신까지 오락가락하는 건가? 그답지 않게 마음이 진정되지 않았다. 순간 전화벨이 울리자 그는 깜짝 놀랐다. 그레이스가 언제 귀가하는지를 물었다. 그녀는 요리하고 있었다.

그는 숨을 내쉬었다.

"먹을 수 있을지 모르겠어, 그레이스."

"괜찮아요?"

그는 회중시계를 바라보았다. 어느새 부모님을 생각하고 있었다.

"투석을 멈출 거야, 그레이스."

"뭐라고요?"

"그건 의미가 없어."

"그럴 수 없어요."

긴 침묵이 이어졌다.

"투석을 멈추면……"

"알아."

"왜요?" 그녀의 목소리가 떨렸다. 그는 그녀가 울고 있는 것을 알았다.

"그런다고 살 수는 없어. 빌어먹을 기계에 매달려 있을 뿐이지. 의사의 이야기를 들었잖아."

그녀가 힘들게 숨을 쉬었다.

"그레이스."

"집에 와서 이야기해요, 괜찮죠?"

"난 결심했어."

"이야기해볼 수 있잖아요."

"좋아. 하지만 그 일로 나와 싸울 생각은 하지 마."

그는 냉동되어 또 다른 삶을 찾아가려는 진짜 계획을 털어놓을 때 이 말을 하고 싶었다. 하지만 그녀가 그 일에 끼지 못할 것을 알았다. 그래서 지금 이 말을 했다. 거짓 이유에 진심을 써먹은 것이다.

"싸우고 싶지 않아요." 그녀가 속삭였다.

"어서 집에 와요."

53

모두 정해졌다. 에단은 크리스마스 밤에 도넛 가게에서 그녀를 만날 것이다.

세라는 그곳이 크리스마스에도 문을 연다는 사실을 알았다. 그 계획은 우연히 세워졌다. 세라는 운명이라고 생각해버렸다.

운 나쁘게도 문자로는 그와 연락하지 못했다. 하지만 시계 상점을 나서자마자 '세상의 종말'을 떠들어대는 또 다른 무리 곁을 지나게 되었고 에단에게 전화해야겠다는 생각이 떠올랐다. 그는 거의 전화를 받지 않았지만 충동적으로 그의 전화번호를 눌렀다.

"여보세요!"라는 목소리를 듣고 심장이 튀어나올 뻔했다. 그녀는 무심코 말했다.

"내가 뭘 보고 있는지 알아?"

"누구야?"

"세라야. 내가 어디서 전화하는지 맞혀봐."

"몰라."

"워싱턴 스퀘어파크에 '세상의 종말'이라고 쓰여 있는 테이블 앞에 서 있어."

"말도 안 돼."

"그러니까. 어쨌든 저 사람들이 그러는데 다음 주에 세상이 멸망할 거래. 너에게 주고 싶은 것이 있는데 빨리 주는 편이 좋겠어."

"잠깐. 세상의 종말이 뭐?"

"몰라. 인디언의 이야기인지 종교적인 건지, 뭐 그런 거야. 희한하지."

그녀는 테이블에 적힌 내용을 좀 더 읽었지만 너무 똑똑해 보이고 싶지는 않았다.

"그래서 언제 만날 수 있을까? 너에게 이걸 주고 싶은데."

"안 줘도 돼, 세라."

"별거 아냐. 크리스마스, 괜찮아?"

"글쎄……."

세라는 어색한 정적이 이어지자 긴장했다.

"오래 걸리지 않아."

"좋아." 그가 말했다.

"세상이 멸망한다는데 오래 걸리면 안 되지, 그지?"

"듣고 있어." 이 말은 그녀에게 하는 것 같지 않았다.

그들은 크리스마스 밤에 도넛 가게에서 만나기로 했다. 어쨌든 그는 그 근처에서 열리는 파티에 가야 했다. 전화를 끊은 그녀는 크리스마스에 약속이 생겨 기뻤다. 전화는 그리 믿을 만한 것이 못 되기 때문에 그의 산만한 목소리에는 신경 쓰지 않기로 했다. 게다가 그는 시계를 보면 좋아할 것이다. 누구도 그에게 그런 특별한 선물을 주지는 못할 것이다.

그녀는 그의 입맞춤을 떠올렸다. 그는 그녀를 원했다. '누군가 그녀를 원했다.' 그녀는 이번에는 신체적인 접촉에 좀 더 관대해지자고 생각했다. 그도 기뻐할 것이다. 그녀는 그를 기쁘게 한다는 생각에 즐거웠다.

그녀는 최후의 날을 전파하는 무리들을 흘깃 보았다. 어떤 사람은 팻말을 들고 있고 어떤 사람은 종교적인 옷을 입고 있었다. 테이블에 설치된 작은 스피커에서 노래가 흘러나왔다. 그 노래가 세라의 귀를 사로 잡았다.

어째서 태양은 계속 빛날까요?
어째서 파도는 해변으로 계속 몰려들까요?
그들은 모르나 봐요, 세상이 끝났다는 걸.
당신이 이제는 날 사랑하지 않으니까요.

우울하다고 그녀는 생각했다. 이런 곳에서 틀어주기에는 냉소적인 노래였다. 그녀는 여가수의 목소리가 너무 슬프고 우울해서 좀 더 귀를 기울였다.

어째서 새들은 계속 지저귈까요?
어째서 저 별은 반짝일까요?
그들은 모르나 봐요, 세상이 끝났다는 걸.

그녀는 테이블에서 팸플릿을 집어 들었다. 앞에는 '종말이 다가오고 있다. 남은 시간으로 무엇을 할 것인가?'라고 적혀 있었다.

아직 수요일이었다. 그녀는 살을 1킬로그램쯤 빼기로 했다.

54

그레이스는 빅토르를 기다렸다.

그녀는 눈을 비볐다. 채소를 썰었다.

로레인은 세라를 기다렸다.

그녀는 청소기를 돌렸다. 담배를 피웠다.

곧 이런 일이 벌어질 것이다.

즉시 시간이 멈추면서 그레이스, 로레인, 빅토르, 세라를 포함해 지구의 모든 사람이 나이를 먹지 않을 것이다.

그리고 한 사람이 다시 시간을 흐르게 할 것이다.

놓아주기

세라는 그런 세상을 결코 몰랐다.
이제 속도가 문장보다 중요했다.
빠르게 보내는 것이 가장 중요했다.
그녀가 더 오래되고 더 느린 세계에 살았다면
다음에 벌어질 일은 절대 일어나지 않았을 것이다.

55

빅토르는 마음의 준비를 했다. 그는 죽음에 무엇이 따르는지 알고 있었다.

투석을 멈추자 그가 예상했던 대로 혈압이 치솟고 몸이 붓고 등이 아프고 식욕이 사라졌다. 그는 몸이 너무 빨리 약해지지 않도록 억지로 빵과 수프와 보충제들을 삼켰다.

크리스마스 날 그는 휠체어에서 거실의 침대로 옮겨졌다. 그레이스는 긴 의자에서 잠을 청하며 밤새도록 그의 곁에 머물렀다. 그녀는 신의 뜻을 받아들이는 것이 자연스럽다는 이유로 거짓 계획을 받아들였다. 그녀는 같은 이유로 그의 진짜 계획을 받아들이지 않았을 것이다. 그가 투석을 멈추고 평화로워진다면 그녀 역시 그럴 수 있었다.

다음 날 아침 빅토르가 로저에게 서류들을 가져오라고 했을 때도 그녀는 눈물을 감췄다.

'화내지 말자. 그는 이렇게 자기 삶에, 서류에, 사업에 매달리는 거야. 이게 그인걸.'

그녀는 물잔에 빨대를 꽂으며 생각했다. 그녀는 그 서류들이 빅토르의 미래를 보장해주는 것임을 알지 못했다.

그녀는 그에게 물잔을 주었고 그는 그녀의 얼굴에서 걱정을 보았다.

"괜찮아, 그레이스. 원래 그런 거야."

세상을 설계할 때부터 원래 그랬던 것은 아니었다.
두 번째 삶을 위해 스스로 냉동되는 것은 자연스럽지가 않다. 하지만 빅토르는 자신의 삶을 다스렸듯이 죽음도 다스리기로 했다. 발과 손의 저림? 병약한 회색으로 바뀐 피부? 둘 다 신장부전증의 최종 징후로 여겨질 것이다. 다들 죽음을 예상할 것이다. 아무도 빅토르가 죽기 전에 냉동되는 다른 계획이 있으리란 것을 의심하지 않을 것이다. 로저와 제드 그리고 의사와 검시관이 참석할 것이고 모두 침묵의 대가로 두둑이 사례를 받을 것이다.

서류상의 죽음은 서류에 기록되는 순간 찾아올 것이다. 하지만 죽음은 결코 빅토르를 건들지 못할 것이다. 그는 죽음을 피할 것이다. 그리고 미래로 가는 구명정에 오를 것이다.

"자, 그레이스." 그가 거친 목소리로 말했다.

"당신이 얼마나 힘든지 알아. 하지만 일단 내가 죽으면 모두 처리될 거야. 서류 작업들 말이야. 로저가 다 처리해줄 거야. 중요한 건……."

그는 다음에 할 말을 생각했다. 그는 그 말이 진실되기를 원했다.

"절대 걱정하지 말라고."

그녀의 눈에 눈물이 고였다.

"걱정하지 않았어요." 그녀가 말했다.

그녀가 그의 손을 잡았다. 그녀가 그의 손가락을 쓰다듬었다.

"그리울 거예요."

그가 고개를 끄덕였다.

"지독하게." 그녀가 덧붙였다.

그들은 입맞췄다. 빅토르는 힘겹게 감정을 삼켰다. 하마터면 그녀에게 모든 것을 털어놓을 뻔했다. 하지만 순간은 잡지 않으면 그냥 지나가게 마련이다.

그는 지나가게 했다.

"나도 그래." 그가 말했다.

56

에단은 그녀가 사랑했던 유일한 소년이었다. 하지만 그는 그녀를 사랑하지 않았다.

그 사실은 크리스마스 저녁 9시 16분, 도넛 가게 주차장에서 분명해졌다. 세라는 에단이 가장 좋아하는 영화에 나왔던 시계에 글자를 새긴 다음 상자에 담아 화려하게 포장했다. 그리고 크리스마스 저녁에 선물을 건네며 자신의 감정을 전했다. 빛나는 별처럼 마음에 담아두었던 이야기를 했다. 오래된 시계 상점의 점원과 자기 방의 거울 앞에서만 이야기했던 속내를 무심코 털어놓았다.

하지만 그녀가 미처 말을 끝내기도 전에 "미친 소리인 건 아는데, 그냥 너를 정말, 정말 사랑해. 알지?"라는 말을 하기도 전에 에단은 도망갈 곳이라도 찾듯이 눈동자를 굴리기 시작했다. 그는 "그게 말이나 돼?"라고 말하고 싶은 것 같았다.

순간 세라는 뜨거운 밀랍처럼 바닥으로 녹아내려 하수구로 사라지고 싶었다. 그의 눈과 표정에서 아무 관심도 없다는 것을 알 수 있었다. 완전한 굴욕이었다. "세라, 이만 가봐야겠어."라고 말할 때까지 어색한 대화가 오고 갔다. 그 몇 분이 마치 몇 년 같았다.

그녀는 다른 말로 앞의 말들을 지우고 싶었다. 그녀는 기다릴 수 있었다. 영원히 기다릴 수 있었다.

'그냥 망치지만 말아줘, 끝내지만 말아줘!'

하지만 그는 포장도 벗기지 않은 선물을 던지듯이 돌려주고 멀어졌다. 그는 주머니에 손을 넣고 반 블록쯤 가더니 휴대전화를 꺼내 전화를 걸었다. 누구일까? 다른 소녀일까? 방금 그를 사랑한다고 말한 멍청이를 함께 비웃어줄 친구에게?

'맙소사, 세라, 정말 그렇게 말한 거니? 어떻게 된 거야?'

그녀에게만 보이는 새로운 친구인 악마에게, 불행이라는 짐승에게 기대었다. 그 새로운 친구는 앙상한 발톱으로 그녀를 감싸며 말했다.

'이제 너는 나와 사는 거야.'

열일곱 살밖에 되지 않은 세라 레몬은 그 순간부터 삶에서 놓여나기 시작했다. 버려진 그녀는 외로웠다. 그리고 모두 그녀 잘못이었다. 이전에도 그녀를 보지 않았고 앞으로도 그녀를 보지 않을 에단 같은 소년을 어떻게 그녀가 훌훌 털어버릴 수 있을까? 그들은 입을 맞췄고 그는 그녀를 원했지만 그녀가 그를 밀어냈다. 그는 분명히 그녀가 별 볼 일 없다고 생각했을 것이다. 그리고 그녀는 자신이 별 볼 일 없다는 걸 항상 알고 있었다. 왜 그녀는 입을 다물고 그가 바라는 대로 해주지 않았을까? 마치 더 나은 누군가가 나타날 것처럼, 도대체 그녀는 누구를 기다리며 자신을 지키는 것일까?

세라는 현기증이 났다. 그녀는 선물을 코트 주머니에 도로 넣었다. 그에게 간절히 전화하고 싶었다. 그러다 문득 이런 생각들이 떠올랐다.

'그에게 전화할 수 없다, 그를 볼 수 없다. 끝났다, 완전히 끝났다.'

그녀는 바닥에 쓰러졌다. 그녀는 가슴이 아플 때까지 무릎을 꿇고 울었다. 손바닥으로 아스팔트의 질감이 느껴졌다. 그렇게 한참을 엎드려 있자 마침내 도넛 가게에서 종업원이 나오더니 소리를 질렀다.

"이봐, 여기서 뭐 하는 거야? 다른 데로 가!"

그녀는 휘청거리며 일어나서 비틀거리며 걸어갔다. 둘로 찢긴 심장은 돌보다 더 무거웠다. 찢긴 심장이 고장 난 비행기처럼 가슴속에서 추락했다. 세라는 자신의 잔해를 이끌고 집으로 돌아가 침대로 들어간 다음 깊고 어두운 구멍으로 떨어져 내렸다.

57

도르는 두 발을 대롱거리며 고층 건물 위에 앉아 있었다. 발아래 펼쳐진 도시는 지붕들, 첨탑들, 불빛들의 거대한 집합체였다.

그는 모래시계를 들고 있었다. 그는 모래시계를 뒤집지 않았다. 그는 노인의 가르침을 생각하며 시간이 제 속도로 흐르게 했다.

그는 두 사람을 찾아내 며칠 동안 따라다녔다. 그는 빅토르와 세라의 삶을 이해하기 위해 그들 주위의 세상을 여러 번 멈추었다. 부유한 빅토르가 병을 멈추기 위해 아무것도 할 수 없음을 알았다. 그리고 세라는 주차장에서 쓰러졌다. 세라는 자신을 좋아하지 않는 키 큰 소년을 좋아하고 있었다.

그들의 복잡한 세상은 당황스러웠다. 도르는 문자가 없던 시대, 누군가와 이야기하고 싶으면 직접 찾아가야 하는 시대에서 왔다. 이 시대는 달랐다. 휴대전화, 컴퓨터 등 이 시대의 도구들은 사람들을 아주 빠른 속도로 움직이게 했다. 그들은 그 모든 것에도 불구하고 절대 평화롭지 않았다. 그들은 끊임 없이 시간을 들여다보았다. 한때 도르가 막대와 돌과 그림자로 알아내려 했던 바로 그 시간을……

'왜 낮과 밤을 쟀지?'

'알기 위해서요.'

현대의 도시를 내려다보며 시간의 아버지는 뭔가를 아는 것과 이해하는 것은 다르다는 사실을 깨닫기 시작했다.

58

모르핀은 안 돼. 빅토르는 참아야 했다.

그의 몸이 점점 늘어나는 산성물질과 싸우기 위해 더 빨리 일산화탄소를 뱉어내면서 호흡이 가빠졌다.

이제 오래가지 않을 것이다.

대부분이 사업상의 동료인 얼마 되지 않는 사람들이 마지막 인사를 하러 왔다. 다른 사람들도 오고 싶어 했지만 빅토르는 그레이스에게 그들 모두와 작별 인사를 하기에는 시간이 부족하다고 말했다. 사실이기는 했다. 하지만 자신이 어딘가로 떠난다는 느낌이 들지 않은 것이 더 큰 이유였다. 다른 사람들은 죽어가는 몇 주를 공포로 채웠다. 빅토르는 죽어가는 몇 주를 미래를 계획하는 데 썼다. 그 전략에는 그레이스를 집 밖으로 내보낸다는 세부적인 내용도 포함되어 있었다.

빅토르와 그레이스는 새해 전날 밤마다 신년 행사에 참석하여 자선 재단에 통 크게 기부했다. 그 액수는 그해 빅토르의 펀드가 얼마나 성공했는가에 따라 달라졌다.

"그레이스, 당신은 가야 해." 그가 어제 말했다.

"싫어요."

"기부금을 건네야지."

"당신 곁을 떠나고 싶지 않아요."

"그건 모두에게 많은 의미를 지니고 있어."

"다른 사람이 할 수 있어요."

그는 한 번 더 거짓말을 했다.

"내게 중요한 의미가 있어."

"왜죠?"

"난 그 전통이 계속되기를 바라. 당신이 올해에도, 내년에도, 바라건대 오랫동안 이 일을 계속해주길 원해."

그레이스는 머뭇거렸다. 그 신년 행사는 그녀의 아이디어였다. 빅토르는 그리 탐탁해하지 않았다. 그는 거기 참석하는 것 때문에 그녀와 몇 년간 싸우기까지 했다. 그녀는 남편이 "미안하다."는 말을 이렇게 대신하는 것은 아닐까 생각했다.

"좋아요." 그녀가 말했다.

"갈게요."

그는 안도한 듯이 고개를 끄덕였다.

"모두에게 좋은 일이야."

59

그날 오후 2시 세라는 로레인이 문을 두드리는 소리에 일어났다.

"세라!"

"뭐?"

"세라!"

"일어났어!"

"문을 5분이나 두드렸어!"

"헤드폰을 쓰고 있었어!"

"무슨 일이야?"

"아무 일도 아냐!"

"세라!"

"날 내버려둬."

그녀는 엄마의 발소리가 멀어지는 것을 듣고는 다시 베개로 파고들며 '끙' 소리를 냈다. 머리가 아팠다. 입은 텁텁했다. 지난밤에 세라가 돌아왔을 때 고맙게도 로레인은 집에 없었다. 세라는 엄마의 수면제를 몰래 두 알 꺼내고는 방문을 잠갔다. 이제 지끈거리는 머리로 돌아누우니 모든 것이 떠올랐다.

지난밤에 그녀가 한 말, 그리고 에단이 한 말. 그녀는 포장된 그대로 의자에 놓여 있는 선물을 보고 울기 시작했다. 그녀는 선물을 벽에 던지고는 더 크게 울었다.

그녀는 멀어지던 그를 생각했다. 그녀는 너무나 무기력했다. 그것이 끝일 수는 없었다. 그것이 그들이 함께하는 마지막 시간일 수는 없었다. 그녀가 뭔가 해야 했다…….

잠깐. 아마도 그에게 글을 남길 수 있을 것이다. 모든 것을 되돌리자. 핑계를 대자. 그 선물은 장난이었고 그녀는 술에 취했고 집에 문제가 있었다. 무엇이든 그녀는 글을 차분하게 쓸 수 있을 것이다. 그럴까? 똑같은 실수를 되풀이 하지 않고 그를 놀라게 하는 말을 모두 뱉어내지 않고?

그녀는 눈가를 닦았다.

그녀는 책상에 앉았다.

이성은 세라에게 에단이라는 물에 다가가지 말라고 말했다. 하지만 이성이 첫사랑 앞에는 결코 설 곳이 없었다.

세라는 문자를 보내지 않을 것이다.

그의 휴대전화에 자신의 문자가 뜨는 것은 원하지 않았다. 그의 페이스북에 메시지를 보내기로 했다. 그녀는 뭐라고 쓸지 고민하면서 의자에 앉았다.

"저, 미안하지만……"으로 시작해서 무슨 말이든 이어갈 것이다.

그녀는 컴퓨터를 켰다.

화면이 밝아왔다.

예전에 서로 멀리 떨어진 연인은 촛불 옆에 앉아 양피지에 잉크를 떨어뜨리며 지울 수 없는 말을 썼다.

그들은 그날 저녁, 아마 그다음 날 저녁까지 자신의 생각을 글로 썼다. 그들은 편지를 보내기 전에 이름, 거리, 도시, 나라를 적고 밀랍을 녹인 다음 도장 반지로 봉투를 봉인했다.

세라는 그런 세상을 결코 몰랐다. 이제 속도가 문장보다 중요했다. 그녀가 더 오래되고 더 느린 세계에 살았다면 다음에 벌어질 일은 절대 일어나지 않았을 것이다. 하지만 그녀는 이속도의 세계에 살고 있었다.

그리고 그 일이 벌어졌다.

세라는 그의 페이스북에 들어갔다.

갈색 머리카락과 졸리는 눈에 엷은 미소를 지은 에단의 사진이 있었다. 그녀는 메시지를 올리기 전에 그가 최근에 올린 게시물을 찾았다. 그녀의 눈이 깜박였다. 눈에 눈물이 고였다. 더러운 기분이 번졌다. 그녀는 그 글을 다시 읽었다. 세 번, 네 번 읽었다.

'세라 레몬이 나를 유혹했어. 아우, 짜증 나. 친한 척 좀 했더니.'

갑자기 감정이 북받쳤다. 그녀는 숨을 쉴 수 없었다. 의자에서 몸을 일으킬 수도 없었다. 그 방에 불이 났다면 그녀는 까맣게 타서 바스러졌을 것이다.

'세라 레몬이 나를 유혹했어.'

그녀의 이름이 그의 페이스북에 올라 있었다.

'아우, 짜증 나.'

세라는 무릎으로 기어오르는 환영 못 받는 고양이였다.

'친한 척 좀 했더니.'

그랬어? 친한 척이었다고? 그녀는 떨렸다. 그녀는 호흡이 가빠졌다. 그 글 아래로 댓글을 단 사람들의 사진이 길게 늘어서 있었다. 수십 명은 되었다.

'진짜?' 한 명이 썼다.

'너+세라=역겨움!'

'C급 영화. 그는 당신에게 반하지 않았다.'

'그 애는 너무 크던데, 형제.'

'기분 나쁜 애야.'

'도망쳐, 친구!'

꿈속에서 벌거벗고 무대 위에 서서 손가락질당하는 기분이었다. 에단은 세상에 떠들었고 세상은 그를 동정했다. 세라 레몬은 지금 그리고 영원히 친절히 대해줘야 하는 사람이었다. 그리고 그 친절을 이해하지 못하는 불쌍한 소녀였다. 또래의 골칫덩어리이자 패배자였다.

'세라 레몬이 나를 유혹했어.'

그를? 하지만 그가 나에게 입을 맞추지 않았나?

'아우, 짜증나.'

내가 그렇게 혐오스러워? 친한 척이었다니. 자선이라도 베푼 거야? 잘생긴 남자가 못생긴 여자를 가엽게 여겨서?

'그녀는 과학 괴물이지?'

'사이코는 친절하게 대하지 마.'

'그녀는 망상에 빠졌어.'

'너무 안 됐다, 에단.'

세라는 컴퓨터를 덮어버렸다. 거칠게 숨을 내쉬었다. 내쉬고 내쉬고 내쉬고. 그러고는 아래층으로 달려 내려가서 현관 밖으로 뛰쳐나갔다. 그녀의 머릿속에서 페이스북의 얼굴들이 궤도를 그리면서 그녀의 불행에 웃음을 터뜨렸다.

이전에 퇴짜를 맞던 장면들이 익숙한 책의 닳아빠진 페이지처럼 활짝 펼쳐졌다. 또다시 그녀는 놀림을 당하고 집으로 도망치는 뚱보 세라가 되었다. 또다시 그녀는 과학책을 들고 교내식당 구석에 앉은 괴물 세라가 되었다. 이제 그녀는 망상에 빠진 세라, 미치광이 스토커 세라, 에단의 페이스북에 오른 포스트처럼, 결코 땅으로 내려오지 못하는 콘서트장의 비치볼처럼 컴퓨터에서 컴퓨터로 옮겨지는 농담거리가 되었다.

세라는 온몸을 떨면서 가볍게 날리는 눈 속을 달렸다. 볼을 따라 흘러내린 눈물이 딱딱하게 얼어붙었다. 그녀와 이야기할 사람은 없었다. 그녀를 위로해줄 사람은 없었다. 암흑과 고독뿐이었다. 그녀는 결코 그 학교에 돌아가지 않을 것이다. 무엇을 해야 할까? 무엇을 해야 할까?

처음으로 자살을 생각했다.

새해 전날

그녀는 자신이 무가치하다고 느꼈다.
텅 빈 느낌이었다.
이 일을 바로잡을 희망이 없었다.
그리고 희망이 사라진 순간 시간은 형벌이었다.

60

저녁 8시. 그레이스는 거울 앞에서 옷을 입었다.

그녀는 가고 싶지 않았다. 인사를 나누고 기부금을 증정하고 재빨리 집으로 돌아올 것이다. 화장은 끝냈다. 머리도 손질되어 있었다. 옷의 지퍼를 올려야 했다. 빅토르가 항상 해주던 일이었다. 그녀는 어색하게 등 뒤로 손을 뻗어 몇 번이고 헛손질을 했다. 세 번째 만에 그녀의 손가락이 지퍼를 찾아냈고 지퍼를 올렸다. 눈물이 쏟아졌다.

부엌으로 가서 눈을 비비며 차가운 생강차를 찻잔에 부어 빅토르에게 가져갔다. 그는 자는 것 같았다.

"자요?" 그녀가 속삭였다.

그가 눈을 뜨고 깜박였다. 그녀의 새틴 옷에는 망사 프릴과 크리스털이 달려 있었다.

"당신, 정말 아름다운데."

그녀가 아랫입술을 깨물었다. 얼마만의 칭찬인가?

"여기서 가장 아름다운 여자가 된 기분이 어때?"

신혼 시절에 그는 컨트리클럽의 댄스파티에 참석해서 그렇게 속삭이곤 했다.

"가고 싶지 않아요."

"가줘. 하룻밤인데 아무 일도 없을 거야."

"약속해요?"

"갔다 와."

"차를 가져다 두었어요."

"고마워."

"그이가 저걸 마시게 해줘요."

거실 한구석에 충성스럽게 앉아 있는 로저에게 말했다. 로저가 고개를 끄덕였다. 다시 남편을 바라보았다.

"이 귀걸이 괜찮아요? 당신이 서른 번째 결혼기념일에 사준 건데, 기억나요?"

"그럼."

"난 이 귀걸이가 늘 마음에 들었어요."

"멋진데."

"몇 시간 후에 봐요."

"그래."

"빨리 올게요."

"나는……."

그가 말을 맺지 못했다.

"뭐라고요?"

"여기, 여기서 기다릴게."

"그래요."

그녀는 그의 이마에 입을 맞추고 그의 가슴을 토닥였다. 그러고는 눈물을 감추며 재빨리 걸어갔다. 그레이스의 하이힐 소리가 희미해졌다.

빅토르는 마음이 아프고 죄책감이 들었다.

그레이스에게 건넨 마지막 말이 거짓말이라니. 그녀가 돌아왔을 때는 여기 없을 것이다. 그녀가 집을 비운 사이에 냉동 시설로 향할 것이다. 그것이 계획이었다. 그래서 그녀에게 신년 행사에 참가하라고 권했던 것이다.

하마터면 그녀를 다시 부를 뻔했다. 하지만 현기증이 밀려오면서 그는 고개를 떨어뜨리고 몸을 옆으로 누였다. 그가 몇 주, 몇 달, 아니 그의 생애를 쏟아 부은 계획이 이제 몇 시간 안에 끝날 것이다. 벗어날 시간이 없었다. 계획대로 밀고 나갈 뿐이었다.

그가 부르자 로저가 다가와 귀를 댔다.

로저의 귀에 속삭였다.

"알겠나?" 빅토르가 숨을 헐떡였다.

"그 순간이 오면 머뭇거리지 말게."

"알겠습니다." 로저가 말했다.

빅토르가 약하게 숨을 들이쉬었다.

"그러면 가세."

61

저녁 8시. 로레인이 거울 앞에서 옷을 입었다.

그녀는 새해 파티가 싫었다. 하지만 해마다 참석했다. 이혼한 친구들은 특히나 외로운 밤에는 서로를 혼자 두지 말자고 약속했다.

머리에 스프레이를 뿌렸다. 그녀는 세라가 나왔는지 복도를 흘깃거렸다. 딸이 닷새 동안 검은 운동복과 늘어진 초록색 티셔츠 차림으로 방에서 거의 꼼짝도 않는 것이 걱정스러웠다. 하이힐을 신고 나가서 누구를 만났는지 묻고 싶었지만 차마 그럴 수 없었다. 세라는 그녀를 밀어내기만 할 것이다.

로레인은 새해 전날 가족과 함께 보내던 시절을 떠올렸다. 그해 12월 그들 세 사람은 타임스퀘어에서 추위에 떨며 공이 떨어지는 모습을 지켜보았다. 일곱 살인 세라는 아직 작아서 아빠 톰의 어깨에 앉아 있다. 어린 세라는 노점에서 사준 꿀 바른 호두파이를 먹었다. 자정 직전에 눈이 내리기 시작했다. 세라가 100만 명의 사람들과 함께 소리를 질렀다.

"3, 2, 1 새해다!"

그날 밤 로레인은 행복했다. 그들은 사진을 잔뜩 찍었다. 하지만 차에 오르자 톰이 머리의 눈을 털어내며 말했다.

"음, 이제 이것도 끝이군."

복도를 지나 세라의 방문을 두드렸다.

느린 음악 소리가 들렸다. 여가수였다.

"세라?"

잠깐 아무 말이 없었다.

"뭐?" 단조로운 대답이 들려왔다.

"나간다고."

"다녀와."

"해피 뉴이어."

"응."

"늦진 않을 거야."

"다녀와."

밖에서 경적이 울렸다. 로레인의 친구들이었다.

"오늘 밤에 만날 사람은 없니?"

그녀는 그런 질문을 하는 것도 싫었다.

"나가고 싶지 않아, 엄마."

"알았어." 그녀가 고개를 흔들었다.

"내일 아침이나 먹자, 좋지?"

"세라?"

"늦겠어."

"늦겠다." 로레인이 말했다.

다시 경적 소리가 났다.

"나중에 전화할게."

그녀는 아래층으로 향했다. 그녀는 현관문 앞에서 한숨을 쉬었다. 올해는 자신이 운전기사 노릇을 하지 않는 것이 기뻤다. 간절히 술을 마시고 싶었다.

세라는 이미 술을 마시고 있다. 그녀는 찬장에서 보드카를 한 병 꺼내왔다.

오늘 삶을 끝낼 것이다. 그게 가장 옳았다. 그녀의 엄마는 집을 나갔다. 집은 조용했다. 누군가 그녀를 발견할 가능성은 없었다. 사람들은 가장 외로운 밤에 서로에게 전화를 걸지 않나? 그녀는 이 행성 어딘가에 있는 누군가도 그녀만큼 불행할지 모른다는 생각에 위로받았다.

그들은 모르나 봐요, 세상이 끝났다는 걸.

내가 당신의 사랑을 잃었을 때 세상은 끝났어요.

그녀는 그 가수의 이름을 찾아낸 뒤 노래를 내려받아 며칠 동안 휴대전화로 들었다. 거의 방을 나서지 않았다. 샤워도 하지 않았다. 거의 먹지 않았다. 그녀의 엄마는 전날 그녀가 똑같은 검은 운동복과 늘어진 초록색 티셔츠를 입고 욕실에서 나오는 것을 보고 이렇게 물었다.

"무슨 일이니?"

세라는 대학 전형을 준비하느라 바쁘다고 거짓말을 했다.

보드카 병에 입을 대고 꿀꺽꿀꺽 술을 들이켰다. 목구멍이 화끈거렸다.

'내가 죽으면 에단에게 보드카에 대해 물어볼 거고, 그러면 그는 자신이 전혀 관심도 없던 소녀와 2주 전에 술을 마셨다고 인정하겠지.'

세라는 에단뿐 아니라 둘의 관계를 아는 아무하고도 만나고 싶지 않았다. 숨을 곳이 없었다. 피할 곳도 없었다. 고개를 숙인 채 교실에 숨을 수도 없었다. 그녀는 이 일이 어떻게 흘러갈지 알고 있었다. 모두가 그녀에 관해 이야기할 것이다. 등 뒤에서 히죽거릴 것이다. 점점 더 많은 댓글이 달릴 것이다.

'진짜? 도망쳐, 친구! 기분 나쁜 애야. 맙소사!'

그들은 그녀를 찢어발기면서 쾌감을 얻을 것이다. 에단을 비롯한 그들은 패배자 세라 레몬이 수렁에서 빠져나오려 했다는 사실에 경악하며 쾌감을 얻을 것이다. 그녀는 자신이 무가치하다고 느꼈다. 텅 빈 느낌이었다. 이 일을 바로잡을 희망이 없었다.

그리고 희망이 사라진 순간 시간은 형벌이었다.

"이제 끝내자."

그녀는 보드카와 휴대전화를 들고 비틀거리며 주차장으로
갔다.

62

시간의 아버지가 두 사람을 지켜보고 있었다.

먼저 그는 죽어가는 빅토르 옆에 섰다. 로저가 빅토르를 밴에 실었다. 냉동 시설까지 밴을 따라갔다. 창고 문이 끽 소리를 내며 열렸다.

시간의 아버지 도르는 세계 열네 번째 부자가 짐짝처럼 내려져 안으로 실려 가는 것을 보았다.

그해 마지막 자정까지 한 시간 남아 있었다. 로저와 제드는 빅토르의 침대 옆에 몸을 숙였다. 의사와 검시관이 서로에게 뭐라고 속삭였다. 그들은 서류를 들고 있었다. 근처에는 사람보다도 큰 튜브가 있었다. 튜브에는 얼음이 채워져 있었다.

빅토르는 가쁘게 숨을 쉬면서 간신히 의식을 붙잡고 있었다. 의사가 진통제를 원하는지 물었지만 고개를 저었다.

"서류는 문제없소?" 그가 중얼거렸다.

검시관이 그렇다고 대답하자 빅토르는 깊게 숨을 들이쉬며 눈을 감았다. 그의 의식에 마지막으로 남은 것은 그의 팔에서 회중시계를 벗기며 "잘 간직해두겠습니다."라고 말하던 제드의 모습이었다.

네 개의 손이 그의 몸 아래로 들어오더니 그를 들어올렸다.

도르는 구석에 서 있었다.

모래시계를 뒤집었다.

세라 레몬은 차고에 주차되어 있던 푸른색의 포드 자동차에 열쇠를 꽂고 시동을 걸었다.

이제 그녀가 할 일은 기다리는 것뿐이었다. 나머지는 매연이 알아서 해줄 것이다. 그녀는 쉬운 죽음을 선택했다. 보드카 병에 입을 대고 벌컥벌컥 술을 마셨다. 보드카가 턱과 셔츠로 조금 흘러내렸다. 휴대전화에서 계속 흘러나오는 슬픈 노래가 엔진 소음에 묻혀 간신히 들렸다.

아침에 깨어나서 생각하죠.

어째서 모든 것이 똑같은지.

이해할 수 없어요. 이해할 수 없어요.

어떻게 삶이 전처럼 계속되는지.

"나를 내버려둬."

세라는 에단의 당당한 자세와 갈색 머리카락과 걸음걸이를 떠올리며 중얼거렸다. 그는 미안해할 거야. 죄책감을 느낄 거야.

'어째서 내 심장은 계속 뛸까요?'

그녀는 지독히 머리가 띵했다.

'어째서 내 두 눈은 울고 있죠?'

그녀는 뒤로 푹 쓰러졌다.

'그들은 모르나 봐요.'

그녀는 재채기했다.

'세상이 끝났다는 걸.'

그녀는 다시 재채기했다.

'당신이 안녕이라고 말했을 때 세상은 끝났어요.'

그녀의 눈이 감기기 시작했다. 곧 모든 것이 멈추는 것 같았다. 그때 앞 유리창으로 어떤 남자가 다가오는 모습을 본 것 같았다. 그녀는 그의 비명을 들은 것 같았다.

63

도르는 좌절감에 비명을 질렀다.

모래시계를 돌려놓는 것 외에 그가 무슨 일을 할 수 있을까? 그는 시간을 천천히 흘러가게 할 수는 있었지만 완전히 멈출 수는 없었다.

자동차들은 아주 느린 속도로 움직였다. 사람들은 아주 느린 속도로 숨을 쉬었다. 아무도 그가 있다는 사실을 알아차리지 못했다.

모래시계는 도르가 순간을 비틀고 쥐어짤 수 있게 해주었지만 그것만으로는 충분하지 않았다. 결국 시간은 흘러갈 것이다.

빅토르는 얼음에 덮이고 그의 몸은 얼 것이다.

일산화탄소는 세라의 혈류에 퍼져 저산소증을 일으키고 신경계를 마비시키고 심장 부전을 일으킬 것이다.

그가 땅에 보내진 이유가 이런 것일 수는 없었다. 그들이 죽는 것을 지켜보는 것? 그들은 도르의 임무였고 운명이었다. 그러나 그가 뭔가를 해보기도 전에 두 사람은 극단적인 선택을 했다.

도르는 실패했다. 너무 늦었다.

'결코 너무 늦지도 너무 이르지도 않아.' 노인은 말했다.

'바로 그때가 되었어.'

도르는 두 개의 쓰레기통 앞에 쭈그리고 앉았다. 그는 동굴에서 그랬던 것처럼 두 손을 모아 입술에 붙이고는 눈을 감은 다음 밖에서 들려오는 수백만 개의 목소리들 가운데 내면에서 들려오는 하나의 목소리를 골라냈다.

"바로 그때가 되었어."

이 순간이? 하지만 어떻게 이 순간에 머물지? 도르는 시간에 대해 아는 것을 모두 떠올려보았다.

움직임! 그래, 시간과 함께 항상 움직임이 있었다. 지는 해, 떨어지는 물, 흔들리는 추, 흐르는 모래. 그의 운명을 실현하기 위해서는 그런 움직임이 멈춰야 했다. 그는 시간의 흐름을 완전히 멈춰야 했다.

도르는 눈을 뜨고 재빨리 일어섰다. 자동차 안으로 손을 뻗어 세라의 무릎과 어깨를 들어 올렸다.

한 해가 거의 끝나가고 있었다. 몇 분 뒤면 새해였다. 시간의 아버지는 죽어가는 소녀를 안고 눈 속으로 나왔다. 달빛에 매달린 눈송이를 셀 수 있을 것 같은 밤이었다.

도르는 자동차가 달리고 파티의 불빛이 반짝이는 겨울 풍경을 지나갔다.

걸어가는 동안 세라의 머리가 그의 가슴 쪽으로 움직이면서 반쯤 뜬 눈으로 올려다보았다. 그는 이 소녀가 불쌍했다. '너무 적은 시간을 원하는 한 명!' 노인은 그녀를 그렇게 설명했다.

도르는 자신의 세 아이를 생각했다. 그들이 세상을 포기하고 이렇게 불행하게 죽어가지는 않았을까? 그는 그러지 않았기를 바랐다. 하지만 도르 역시 자신의 삶이 끝나기를 바랐다.

그는 고속도로를 따라 걷다가 터널을 지나고 붐비는 경기장의 주차장을 지났다. 주차장에는 '새해맞이 밤샘 힙합 축제'라는 팻말이 붙어 있었다. 그는 자신의 시계로 이틀, 우리 시계로는 겨우 1초 동안 걸어서 어두운 산업 단지에 자리 잡은 인체냉동보존 시설에 도착했다.

그는 빅토르와 세라를 함께 데려가야 했다. 이 순간이 '바로 그때'라면 도르는 더는 두 개의 시간을 가로지를 수 없을 것이다.

그는 세라를 커다란 통들이 있는 창고로 옮겼다. 그녀를 벽에 기대어놓았다. 그러고는 빅토르가 다음 삶을 준비하는 방으로 갔다. 그는 사람들에 에워싸인 침대에서 빅토르의 몸을

들어 세라 옆으로 옮겼다. 그가 그들의 손목에 엄지손가락을
대자 맥이 아주 느리게 뛰었다. 그들은 가사 상태였지만 아직
살아 있었다.

아직 도르에게 기회가 있었다.

**도르는 둘 사이에 쭈그리고 앉아 그들의 손을 모래시계 쪽으로
당겼다.**

그는 그들의 손가락으로 모래시계의 기둥을 감싸면서 그 힘
의 원천에 그들이 연결되기를 빌었다. 그다음 그는 모래시계
로 손을 뻗어 그 위를 꼭 움켜잡고 돌렸다.

모래시계 꼭대기가 느슨해졌다. 그는 꼭대기를 잡아 뺐다.
꼭대기가 허공으로 떠오르더니 세 사람에게 푸른빛을 뿜었
다. 모래시계의 윗부분을 들여다보던 도르는 아주 곱고 하얀
모래가 다이아몬드처럼 빛을 굴절시키며 제 모습을 드러내는
것을 보았다.

'여기에 우주의 모든 순간이 들어 있지.'

도르는 머뭇거렸다. 노인의 말이 옳다면 그의 이야기에는
아직 들려주지 않은 결말이 있을 것이다. 그러나 만약 틀렸다
면 이야기는 이제 끝이었다.

도르는 "앨리"라고 속삭였다. 그가 지금 죽어야 한다면 마
지막 말은 앨리가 되기를 바랐다. 그리고 엄지손가락과 집게
손가락을 모으고 흘러내린 모래와 흘러내리지 않은 모래를

나눠주는 좁은 통로로 밀어 넣었다.

곧 그의 머릿속에 10억 개의 이미지가 떠오르면서 현기증을 느꼈다. 뼈에서 살이 녹아내리면서 두 손가락이 따끔거렸다. 두 손가락은 핀처럼 가늘고 막대처럼 길어지더니 모래시계 바닥까지 닿았다. 우주의 모든 순간이 도르의 의식을 지나갔다. 그의 정신은 모래시계를 샅샅이 여행하면서 이미 일어난 일과 아직 일어나지 않은 일을 가로질러 지나갔다.

마침내 그는 인간의 힘이 아닌 힘을 지닌 핀 같은 손가락들을 맞붙였다. 그의 눈에는 색깔이 가득했다. 그의 머리가 뒤로 젖혀졌다.

그는 막 바닥에 닿으려던 한 알의 모래를 움켜잡았다.

그러자 이런 일이 벌어졌다.

로스앤젤레스에서 트리폴리 해안까지 파도치던 바다가 모조리 얼어붙었다.

구름이 움직임을 멈췄다. 기상도 꼼짝하지 않았다. 멕시코의 빗방울이 허공에 멈추고 튀니지의 모래 폭풍이 거친 놀이 되어 움직이지 않았다.

땅에는 아무 소리도 나지 않았다. 비행기는 침묵한 채 활주로 위에 떠 있었다. 담배 연기는 흡연자들 주위에 굳어 있었다. 전화기들은 죽었다. 화면들은 텅 비었다. 아무도 말하지 않았다. 아무도 숨 쉬지 않았다. 빛과 어둠이 이 지구를 반으로 갈랐다. 마치 아이들이 하늘에 그림을 그리다가 달아난 것처럼 새해 불꽃이 자주색과 초록색으로 밤하늘을 수놓았다.

아무도 태어나지 않았다. 아무도 죽지 않았다. 아무것도 가까워지지 않았다. 아무것도 멀어지지 않았다. 쉬지 않고 행진하던 시간이 무릎을 꿇었다.

한 사람.

한 알의 모래.

시간의 아버지가 시간을 멈추었다.

고요

"내가 시계를 만들고
처음 시간을 측정한 죄인이기 때문이오."

64

빅토르는 더 많은 고통을 예상했다.

갑작스럽게 몸을 얼리면 암의 통증을 넘어서고 썩어가는 간의 통증을 넘어서는 강한 충격이 올 것이라고 상상했다. 그는 예전에 어느 스포츠 경기를 참관했다가 축하 행사로 머리에 얼음물을 맞은 적이 있었다. 마치 그의 신경말단이 칼로 긁히는 것 같았다. 온몸이 얼음에 담기면 어떨지 상상만 할 수 있었다. 그는 눈을 감으면서 마음을 단단히 먹었다.

그런데 갑작스럽게 몸이 가벼워지고 움직임이 자유로워졌다. 오랜만이었다. 그는 침대 한쪽을 잡았다.

이제야 그는 자신이 침대가 아니라 모래시계 같은 것을 붙잡은 채 거대한 통들이 보관된 창고에 있는 것을 알았다. 무슨 일이 벌어진 거지?

그는 일어섰다.

아프지 않았다.

휠체어도 없었다.

"누구세요?" 소녀의 목소리가 들렸다.

65

세라는 자신이 운전대를 잡고 있다고 생각했다.

하지만 시야가 또렷해진 그녀는 자신의 손이 이상하게 생긴 모래시계 기둥을 붙잡은 것을 보았다. 꿈이구나. 그녀는 생각했다. 그래야 했다. 그녀가 한 번도 본 적이 없는 장소인가? 목욕 가운을 입은 노인은 바닥에서 자는 건가? 그녀는 숙취조차 없이 멀쩡한 것 같았다. 그래서 그녀는 일어나서 주위를 둘러보았다. 발이 바닥에 닿지 않아 꿈을 꾸는 것처럼. 자유롭고 가벼웠다.

잠깐. 그녀는 발을 굴렀다. 바닥이 느껴지지 않았다.

잠깐. 차고는 어디 있지? 자동차는? 그 노래는? 문득 그녀의 목을 조르던 어둠이 기억났다. 그녀는 정말 죽고 싶었다. 하지만 그녀는 죽었나? 여기는 어디지?

창고 밖으로 나간 그녀는 복도를 지나 작은 방 앞에 섰다. 그녀는 안을 들여다보고 움찔했다. 그녀는 거대한 튜브를 에워싼 네 사람을 보았다. 그들은 움직이지 않았고 아무 소리도 나지 않았다. 갑자기 그녀는 좀비 꿈을 꾸는 것 같아 자신이 처음 깨어났던 큰 방으로 서둘러 돌아갔다. 아까 그 노인이 일어나서 돌아다니고 있었다.

"누구세요?" 그녀가 비명을 질렀다.

그가 그녀를 쏘아보았다.

"너는 누구냐?" 그가 재빨리 되물었다.

"어떻게 여기 들어왔지?"

그녀는 노인이 말을 할 것이라고는 생각하지 않았다. 특히나 그렇게 야단칠 것이라고는 예상치 못했다. 그녀는 갑자기 무서워졌다. 이게 꿈이 아니라면? 내가 무슨 짓을 했던 거지? 그녀는 하역장 근처에 문이 하나 열려 있는 것을 보고 그 문을 통해 눈 내리는 밤 속으로 뛰어들었다.

길 위의 자동차가 헤드라이트를 켠 채 움직이지 않았다. 주유소는 영업 중인 것 같았지만 손님은 보초처럼 팔에 주유 호스를 들고 꼼짝하지 않았다. 가장 이상한 것은 하늘에 매달린 눈송이였다. 세라가 눈송이들을 쳐보았지만 손이 그대로 눈송이를 통과해버렸다.

그녀는 바닥에 쓰러져서 몸을 둥글게 말고 두 눈을 손으로 가리고는 자신이 죽은 것인지 산 것인지 고민했다.

66

빅토르는 자신이 세상 사이에 끼어 있는 것인지 궁금했다.

그는 임사체험을 겪은 사람들의 이야기를 들은 적이 있었다. 아마 산 채로 냉동되면 그런 일이 벌어지는 것 같았다. 몸은 갇혀 있지만 영혼은 떠도는 것이다. 휠체어도 없이? 지팡이도 없이? 과학이 인생의 2막을 열어줄 때까지 몸에서 자유롭게 놓여난 것이 썩 나쁘지만은 않았다.

다만 두 가지가 신경 쓰였다.

그는 아직 몸 안에 있었다.

그리고 저 소녀는 누구지?

그녀는 초록색 티셔츠와 검은 운동복을 입었고 전혀 안면이 없었다. 엉성하고 무작위적인 망상인가? 그는 생각했다. 꿈에 나타나는 얼굴인가?

어쨌든 이제 그녀는 갔다. 거대한 액체질소 탱크들을 지나면서 또 다른 차원에서는 자기 몸이 탱크 안에 들어가 있지 않을까 생각했다. 아마 그럴 것이다. 몸은 안에 영혼은 밖에? 여기서 시간이 흐르지 않는다면 다른 곳에서는 어떻게 시간이 흐르고 있을까?

그는 통들을 만지려고 했지만 만져지지 않았다. 사다리의 양옆을 잡으려고 했지만 잡히지 않았다. 눈에 보이는 그 무엇도 만질 수 없었다. 거울에 비친 자신의 모습을 만지려는 것과 같았다.

"여기는 뭐 하는 곳이에요?"

그가 몸을 돌렸다. 소녀가 돌아왔다. 그녀는 추운지 팔꿈치를 움켜잡고 있었다.

"내가 왜 여기 있죠?" 그녀는 떨고 있었다.

"당신은 누구예요?"

빅토르는 할 말을 잃었다. 그의 영혼이 몸을 빠져나온 것이라면 똑같이 깨어서 같은 장소에 머물며 질문을 퍼부어대는 다른 사람은 설명되지 않았다.

만약……. 그의 몸은 탱크 안에 있을까? 그녀 역시 냉동되고 있는 걸까?

"여기는 뭐 하는 곳이에요?" 그녀가 다시 말했다.

"모르니?"

"본 적이 없어요."

"실험실이야."

"무슨 실험실이오?"

"사람을 보관하는."

"보관이요?"

"사람을 얼리지."

그녀가 눈을 크게 뜨더니 뒤로 물러났다.

"난 싫어요. 난 싫어요."

"너는 아냐."

그는 통으로 걸어가서 다시 만지려고 했다. 역시 아무것도 만져지지 않았다. 그는 번호가 적힌 하얀 상자에 놓인 꽃들을 걷어차려고 했지만 꽃잎도 흔들리지 않았다.

이제는 이해가 되지 않았다. 그의 몸은? 이 소녀는? 그가 신중하게 세운 계획들은? 그는 등을 돌리고 스르륵 바닥에 주저앉았지만 바닥이 느껴지지 않았다.

"저 안에 사람들이 있어요?" 그녀가 물었다.

"그래."

"그리고 당신도 그렇게 될 거고요?"

그는 시선을 피했다.

그녀도 꽤 떨어진 곳에 주저앉았다.

"맙소사." 그녀가 속삭였다.

"왜요?"

67

빅토르는 오랜 세월 동안 낯선 사람들에게 자신의 인생을 이야기하지 않았다.

그는 재무와 관련해서는 비밀을 지키는 것이 큰 힘이 된다고 믿고 인터뷰도 거의 하지 않았다. 무심코 정보를 나누면 그다음 날 경쟁자가 선수를 칠지도 모른다고 생각했다. '산 사람과 죽은 사람'이란 말은 비즈니스 세계의 비정함을 빗댄 농담이었다. 오직 두 종류의 사람만 존재하는 세계는 인생과 닮았다고 여겼다.

지금 빅토르 들라몽트는 그 무엇도 아니었다. 냉동 시설에서 마치 연옥에 있는 것처럼 살아 있는 것도 죽은 것도 아닌 무의 상태로 존재하는 것은 환영과 같았다. 빅토르는 더는 비밀이 필요 없었다. 그래서 그는 거의 아무에게도 말하지 않았던 암과 신장 질환과 투석에 대해, 먼 미래의 두 번째 삶을 믿고 죽음을 위장하려던 계획에 대해 운동복을 입은 소녀에게 털어놓았다.

그는 자신이 이 창고에 있어서는 안 된다고 말했다. 자신이 수많은 시간이 지난 후에 유령이 아니라 완전히 살아 있는 의학계의 기적으로 되살아나야 한다고 말했다.

그녀는 그의 이야기에 귀를 기울였다. 과학적인 설명에 고개를 끄덕이기까지 해서 그를 놀라게 했다. 겉보기에는 공원 벤치에서 자다 온 것 같았다. 하지만 소녀는 보기보다 똑똑했다. 그는 자신이 다른 방에서 몇 초 후면 얼음에 채워질 판이었다는 대목에서 이야기를 멈췄다. 너무 많이 이야기하는 것 같았기 때문이다.

소녀는 그가 냉동 인간이 되려 한다는 이야기를 듣고 그의 아내가 어떤 반응을 보였는지 물었다.

빅토르가 머뭇거렸다.

"아, 말하지 않았군요."

소녀는 보기보다 똑똑했다.

68

세라 레몬은 부모와 이야기를 나누곤 했다.

빅토르의 이야기를 들으면서 그녀는 부모가 이혼하기 전 시절을 떠올렸다. 그때 부모님의 침실 바닥에 앉아 쿠션의 프릴을 뱅뱅 꼬면서 학교생활에 관해 이야기하곤 했다. 수학과 과학에 뛰어난 그녀는 전 과목에서 A를 받았다. 연구원인 아빠 톰은 거울 앞에 서서 숱이 줄어드는 머리카락을 쓰다듬으며 딸에게 이야기를 계속하라고 했다. 세라가 의사가 되고 싶다고 해도 너무나 당연하다고 생각했다. 라디오 광고 일을 하던 로레인은 침대에 기대 담배를 피우면서 "네가 자랑스러워. 아이스크림 좀 갖다 줄래?"라고 말하곤 했다.

"아이스크림을 또 먹으려고." 톰은 말하곤 했다.

그들은 세라가 열두 살 때 이혼했다. 로레인은 집과 가구와 아이스크림과 하나뿐인 아이의 양육권을 가졌다. 톰은 머리카락을 이식했고 보트를 가졌고 멜리사라는 젊은 여자친구를 얻었다. 그녀는 다른 누군가의 딸과 시간을 보내는 데는 전혀 흥미가 없었다. 톰은 그녀와 재혼한 뒤 오하이오로 이사갔다.

세라는 겉으로 엄마 편을 들면서 모든 것을 엉망으로 만들지 않은 좋은 부모와 함께 사는 것이 행복하다고 말했다. 하지만 마음 깊은 곳으로는 곁에 없는 아빠를 그리워하면서 자기 탓에 부모가 헤어진 것은 아닌지 고민했다. 아빠가 전화를 적게 할수록 그리웠다. 엄마가 더 많이 안아줄수록 그 포옹이 싫었다. 세라는 엄마를 닮아갔고 엄마처럼 말했고 8학년 무렵에는 엄마처럼 느끼기까지 했다.

자신이 사랑받지 못하고 있고 사랑스럽지 못하다고 생각했다. 세라는 폭식을 하면서 살이 찌기 시작하자 다른 아이들을 멀리하고 공부만 했다. 아빠가 공부 잘하는 것을 칭찬했기 때문이다. 내심 그러면 아빠와 다시 가까워지리라고 생각했다. 세라는 학기마다 아빠에게 성적표를 보냈다. 때로 짧은 편지를 같이 보냈다. 간혹 아빠는 짧은 답장을 보냈다.

'착하구나, 세라. 계속 그렇게만 해.'

고등학교에 입학하자 친구는 거의 없고 일상은 빤했다. 실험실, 서점, 집에서 컴퓨터나 하는 주말, 월요일 아침 조회 시간에 다른 아이들에게서 과거 시제로 전해 듣는 파티들. 수학 수업을 같이 듣는 몇몇 소년이 그녀에게 접근했고 두어 명과 영화를 보거나 학교 댄스파티에 참석하거나 게임 방에 갔다. 세라는 그들과 몇 번은 진하게 입을 맞추기도 했지만 그들은 결국 더는 전화를 걸지 않았다. 그러면 은근히 안도했다. 세라는 작은 감정도 느끼지 못했고 앞으로도 그런 걸 느끼지 못하리라 생각했다.

에단이 그 모두를 바꿔버렸다. 그는 세라의 표류를 끝내주었다. 머릿속에 그의 얼굴이 떠오르면서 모든 생각이 사라졌다. 에단을 위해서라면 무엇이든 할 것이다. 그리고 실제로 무엇이든 했다.

하지만 그는 그녀를 원하지 않았다. 그리고 결국 세라가 두려워하던 것을 여실히 보여주었다. 그 후에는 끝없는 나락이었다.

세라는 목욕 가운을 입은 노인인 빅토르가 인체 냉동과 그의 아내에 대해 들려준 후에 이 모두를 털어놓았다. 이 으스스한 창고에는 둘뿐이었고 세라는 너무 기진맥진하고 혼란스러웠다. 세라는 빅토르가 뭔가를 알고 있을 것으로 생각했다. 에단의 이야기를 털어놓을수록 이전에 느꼈던 우울이 더욱 깊어지는 것 같았다. 세라는 보드카와 슬픈 노래와 요란한 엔진 소리와 함께 차고에서 맞았던 마지막 순간 직전에서 이야기를 멈췄다. 자살을 시도했다는 이야기까지는 하지 않을 것이다.

어떻게 여기까지 왔는지 묻자 세라는 모른다고 말했다. 정신을 차려보니 모래시계를 붙들고 있었다고만 얘기했다.

"내 몸이 누군가에 의해서 옮겨지는 것 같았어요."

"옮겨져요?"

"그 사람이요."

"어떤 사람?"

"오래된 시계 상점의 점원이오."

빅토르는 방금 소녀의 온몸에 분홍색 페인트가 칠해진 것처럼 놀라며 바라보았다.

그때 통 뒤에서 소리가 들렸다.

69

도르가 기침을 했다.

수천 년 동안 자지 않은 그였지만 마치 처음 잠에서 깨어나는 것처럼 눈을 떴다. 그는 바닥에 누워 있었다. 몇 번 눈을 깜박인 그는 빅토르와 세라가 내려다보고 있는 것을 알아차렸다. 도르가 정신을 차리는 동안 그들은 질문을 퍼부었다.

"당신은 누구죠?"

"여기는 어디죠?"

그는 여러 색의 빛이 번쩍이다가 모든 것이 검게 변하더니 자신이 허공으로, 모래시계 안으로 떨어지던 것이 기억났다. 그런데 모래시계는 어디 있지? 도르는 세라가 꼭대기가 덮인 모래시계를 들고 있는 것을 보고는 그들이 살아 있다면 자신의 추측이 옳았던 것으로 생각했다. 빅토르와 세라가 계속해서 질문을 퍼부었다.

"뭘 하려는 거요?"

"내가 어떻게 여기에 온 거죠?"

"내가 약에 취했던 겁니까?"

"우리 집은 어디 있어요?"

"왜 나는 멀쩡한 겁니까?"

"내 차는 어디 있어요?"

도르는 질문에 집중할 수 없었다. 동굴에서 수십 세기의 시간을 보내면서 기침과 재채기를 한 적이 없고, 자지도 먹지도 않았다. 그런데 지금 기침을 하고 있었다. 기침 때문에 빅토르와 세라의 질문에 대답할 수 없었다.

도르는 오른손을 내려다보았다. 그는 주먹을 꼭 쥐고 있었다. 주먹을 폈다.

모래가 한 알 잡혀 있었다.

도르는 동굴 벽에 밀방망이를 새겨놓았다.

밀방망이는 첫 아기의 출산을 상징한다. 도르의 시대에는 아이를 순산하는 것이 매우 어려운 일이었다. 따라서 산파들이 밀방망이로 임산부의 배를 달래주어야 했다. 도르는 산파들이 앨리의 자궁을 문질러주는 것을 지켜보았고 앨리는 산파들이 기도하는 동안 비명을 질렀다. 건강한 아기가 태어났고 도르는 그렇게 단순한 물건이 엄청난 쓸모가 있다는 것이 놀라웠다.

나중에 주술사 아수가 마법의 밀방망이만이 그런 힘을 가진다고 알려주었다. 마법은 신들이 부리는 것이었다. 신들이 뭔가를 만지면 평범한 것도 초자연적인 것이 되고 단순한 것도 경이로운 것이 되었다.

아이를 낳게 하는 밀방망이와 세상을 멈추는 모래 한 알이 겹쳐서 떠올랐다.

도르는 운동복을 입은 어린 소녀와 목욕 가운을 입은 노인을 바라보면서 마법이 그를 여기까지 데려왔음을 깨달았다.

이제 나머지는 자신에게 달려 있음을 직감했다.

"말해주세요." 세라가 말했다.

그녀의 목소리가 떨리기 시작했다.

"우리는 죽었나요?"

도르가 마침내 비틀거리며 일어서 입을 열었다.

"아니오."

도르는 6,000년 만에 처음으로 피로를 느꼈다.

"당신들은 죽지 않았어요. 당신들은 한순간에 사로잡혀 있어요."
도르는 주먹에 쥐고 있던 한 알의 모래를 내밀었다.

"바로 이 순간에."

"무슨 소리를 하는 겁니까?" 빅토르가 물었다.

"세상은 멈췄어요. 당신들의 삶은 그 안에 멈춰 있죠. 당신들의 영혼은 지금 여기 있어요. 당신들이 지금까지 한 일은 결코 되돌릴 수 없습니다. 하지만 당신들이 다음에 하는 일은……."

도르는 머뭇거렸다.

"뭐요?" 빅토르가 물었다.

"아직 정해지지 않았습니다."

세라는 빅토르를 바라보았고 그는 세라를 바라보았다. 그들은 기억 속의 마지막 순간을 떠올렸다. 세라는 자동차에 털썩 주저앉아 배기가스를 들이마셨다. 빅토르는 얼음에 파묻혀 실험 대상이 되기 직전이었다.

"난 어떻게 여기까지 왔죠?" 세라가 물었다.

"내가 옮겼어." 도르가 말했다.

"우리는 지금 뭘 하는 겁니까?" 빅토르가 물었다.

"계획이 있습니다."

"뭐죠?"

"나도 아직 모릅니다."

"뭔지 모른다면서 어떻게 계획이 있다는 거죠?"

도르는 이마를 몇 번 문지르다가 움찔했다.

"괜찮아요?" 세라가 물었다.

"아파요."

"이해가 안 되는군요. 왜 우리죠?"

"두 사람의 운명이 중요해서지요."

"이 세상의 나머지 사람들보다 더요?"

"더는 아니지만요."

"우리를 어떻게 찾아냈죠?"

"목소리를 들었어요."

"그만!" 빅토르가 두 손을 들었다.

"그만하시오. 그만하면 됐어요. 목소리? 운명? 당신은 고작 시계 수리공이잖아요."

도르가 고개를 저었다.

"이 순간에 당신이 보는 것으로 판단을 내리는 것은 현명하지 못합니다."

항상 그랬듯이 빅토르는 스스로 문제를 해결하기 위해 골몰했다. 이때 도르가 턱을 들고 입을 열었다. 그의 성대가 아홉 살짜리 프랑스 소년의 성대로 바뀌었다.

"제발 어제가 되게 해주세요."

빅토르가 자신의 목소리를 알아듣고 몸을 돌려 도르를 바라보았다. 이제 그 목소리는 더 묵직한 어른 빅토르의 목소리로 바뀌었다.

"또 한 번의 인생을."

도르는 세라를 바라보며 이번에는 그녀의 목소리로 말했다.

"그만 끝내주세요."

세라와 빅토르는 너무 놀라 아무 말도 하지 못하고 그를 바라보았다. 도르는 어떻게 자신들의 은밀한 생각을 아는 거지?

"내가 당신들에게 오기 전에 당신들이 내게로 왔소."

"당신은 단순한 시계 수리공이 아니군요?"

"난 시계를 망가뜨리는 걸 더 좋아해요."

"왜 그런 겁니까?"

도르는 손가락에 잡혀 있는 한 알의 모래를 보았다.

"내가 시계를 만들고 처음 시간을 잰 죄인이기 때문이오."

미래

"이제 알겠어요? 시간이 끝이 없다면
그 무엇도 특별하지 않습니다.
상실도 희생도 없다면
우리는 그 무엇에도 감사할 수 없습니다."

70

도르가 땅에서 행복한 나날을 보내는 동안 아들이 물었다.

"아버지, 저는 누구와 결혼하게 될까요?"

도르가 미소를 지으며 모른다고 대답했다.

"아버지의 돌들이 무슨 일이든 미리 이야기해준다면서요."

"돌은 내게 많은 것을 이야기해주지. 해가 언제 뜨는지, 언제 지는지, 너의 둥근 얼굴 같은 보름달이 뜨려면 몇 밤이 남았는지 이야기해주지."

그는 아들의 두 뺨을 꼭 잡았다. 소년은 웃었다.

"하지만 그건 어렵잖아요."

"어려워?"

"해와 달은 멀리 있어요. 나는 누구와 결혼할지 알고 싶을 뿐이에요. 아버지에게 그런 어려운 것들을 이야기해줄 수 있다면 내가 누구와 결혼할지도 이야기해줘야죠?"

도르는 슬쩍 미소를 지었다. 아들은 어린 시절 자신이 묻던 것과 똑같은 질문들을 하고 있었다. 어린 시절 도르도 그 질문에 대답을 찾지 못했을 때 똑같이 좌절감을 느꼈었다.

"왜 알고 싶은데?"

"음, 저 돌들이 내가 일타니와 결혼할 거라고 말해준다면 행복할 거예요."

도르는 고개를 끄덕였다. 일타니는 벽돌공의 딸이었다. 수줍고 어여쁜 그녀는 매력적인 신부로 자랄 것 같았다.

"돌들이 네가 일타니가 아니라 길데시와 결혼할 거라고 말한다면?"

도르가 생각했던 대로 아들은 얼굴을 찡그렸다.

"길데시는 너무 크고 너무 시끄러워요!" 소년이 대들었다.

"돌들이 내가 그 애와 결혼할 거라고 말한다면 당장 도망가 버릴 거예요!"

도르는 웃으면서 아들의 머리카락을 헝클어뜨렸다. 아들은 아버지의 돌을 하나 집어던졌다.

"안 돼요. 길데시는!"

도르는 돌이 마당 건너편으로 날아가는 것을 보았다.

도르는 그 순간을 떠올리며 세라를 바라보았다.

그는 어린 길데시가 어떻게 되었는지 궁금했다. 세라처럼 남자들에게 퇴짜를 맞았을까? 그는 마당 건너편으로 날아가던 아들이 던진 돌을 생각했다. 아들은 아이답게 마음에 들지 않는 미래를 던져버렸다. 도르는 문득 자신이 해야 할 일을 깨달았다.

도르는 모래시계 안을 들여다보다가 위쪽 모래는 위쪽에, 아래쪽 모래는 아래쪽에 그대로 있는 것을 보았다. 그 무엇도 움직이지 않았다. 시간은 앞으로 나아가지 않았다.

도르는 오래된 모래시계 꼭대기를 비틀어서 다시 한 번 열었다.

"뭘 하는 겁니까?" 빅토르가 물었다.

"내가 명령받은 일이오." 도르가 말했다.

도르는 창고 바닥에 위쪽의 모래를 쏟았다. 위쪽의 모래는 아직 벌어지지 않은 미래였다. 모래는 쏟아지고 또 쏟아졌다. 한 개의 모래시계가 아니라 100개의 모래시계에서 모래가 쏟아지는 것 같았다. 그다음에 모래시계를 눕히자 모래시계가 거대한 터널처럼 커졌다. 모래의 길은 바다 위의 달빛처럼 반짝이며 모래시계 중심으로 이어졌다.

도르는 신발을 벗고 모래의 길로 걸어 들어가더니 세라와 빅토르에게 손짓했다.

"어서 따라오시오."

도르는 두 팔을 내려다보았다. 6,000년 만에 처음으로 땀을 흘리고 있었다.

아인슈타인은 만약 엄청난 속도로 여행할 수 있다면 여행자가 떠나온 세상보다 시간은 더디게 갈 것이라고 가정했다.
그래서 나이를 먹지 않고 미래를 보는 것도 이론상으로는 가능했다.

세라는 물리 시간에 그렇게 배웠다. 빅토르도 수십 년 전에 그렇게 배웠다. 이제 하나의 호흡 사이에 얼어붙은 시공간에서 그들은 그 이론을 실험해보아야 했다. 그들은 세계가 멈춰 있는 동안 앞으로 움직여야 했다. 그들은 시계 상점에서 일하는 검은 터틀넥을 입은 검은 머리의 야윈 남자를 따라 거대한 모래시계의 모래를 헤치고 걸어야 했다.

"가실 거죠?" 세라가 빅토르를 바라보았다.

"난 이런 거래는 하지 않아." 그가 대답했다.

"난 서류가 있어. 계약서지. 누군가 내 계획을 교묘하게 방해하고 있어."

세라는 침을 삼켰다. 왠지 이 노인이 함께 가주기를 바랐다. 세라는 혼자가 아닐 수만 있다면 좋았다. 노인은 그녀의 가장 중요한 친구 같았다.

"제발요, 네?" 세라가 부드럽게 부탁했다.

빅토르는 시선을 피했다. 자신의 논리적인 사고는 안 된다고 말했다. 그는 이 소녀를 몰랐다. 그리고 시계 상점 점원도 사기꾼일지 몰랐다. 말장난이나 하는 가짜 말이다. 하지만 소녀의 말은 바보 같지만 몇 달 동안 들어본 가장 진심이 담긴

것이었다. 지금껏 개인적인 부탁을 할 수 있을 만큼 자신에게
다가오는 사람은 없었다.

빅토르는 인체냉동보존 시설을 둘러보았다. 여기 모든 것은
손으로 만질 수 없는 얼어붙은 파노라마였다. 그는 세라를 바
라보았다.

사람은 진정으로 혼자일 때 다른 사람의 외로움을 알 수
있다.

빅토르는 세라의 손을 잡았다.

순간 모든 것이 검게 변했다.

71

처음에는 보이지 않는 다리로 올라가는 것 같았다.

그들은 빛이 없는 깊고 어두운 공간을 걸어갔다. 세 사람의 뒤에 흩어져 황금색으로 빛나다가 암흑으로 사라지는 모래 발자국 말고는 아무것도 보이지 않았다.

세라는 빅토르의 손을 꼭 잡았다.

"괜찮니?" 그가 물었다.

세라는 고개를 끄덕였다. 하지만 경사를 내려가는 동안 세라는 빅토르의 손을 더 세게 잡았다. 마치 무서운 운명이 기다리는 것처럼 떨었다.

빅토르는 달랐다. 그는 자신의 두 번째 삶이 어떻게 펼쳐지는지 안달이 나게 보고 싶었다. 하지만 이 소녀에게는 뭔가 끔찍한 일이 벌어졌던 것 같았다. 아무리 똑똑해 보여도 깊은 내면은 연약했다.

셋은 안갯속으로 들어섰다. 안개가 걷히자 선반에 먹을 것과 음료수가 쌓여 있는 어느 창고에 있었다.

"여기는 뭐 하는 곳이오?"

도르는 아무 말도 하지 않았다. 하지만 세라는 그곳을 바로 알아보았다. 에단과 운명적인 데이트를 했던 바로 그곳이었다.

'우리 삼촌네 창고에 오고 싶으면 와.'

그녀는 그날 밤을 수없이 재생시켰다. 입맞춤, 음주, 귀가.

갑자기 꿈에 그리던 소년이 청바지와 모자 달린 운동복 차림으로 나타나더니 그들 쪽으로 걸어왔다. 세라는 숨을 들이쉬었다. 하지만 그는 눈길도 주지 않고 지나갔다.

"그의 눈에 우리가 보입니까?" 빅토르가 물었다.

"우리는 이 시간에 속해 있지 않습니다." 도르가 말했다.

"이건 다가올 날들이에요."

"미래요?"

"네."

빅토르는 세라의 표정을 알아차렸다.

"그 남자니?"

세라가 고개를 끄덕였다. 다시 그를 보는 것만으로도 참담했다. 이것이 미래에 벌어지는 일이라면 죽었다는 의미일까? 그리고 그녀가 죽었다면 에단은 자기가 한 짓을 후회할까?

에단은 혼자였고 휴대전화를 두드리고 있었다. 어쩌면 세라를 생각하는 것 같았다. 그래서 그는 이 창고에 왔을 것이다. 아마 그녀가 그의 사진을 종종 들여다보았듯이 그녀의 사진을 보면서 애도하고 있을 것이다.

세라가 그를 향해 다가가자 미소를 지으며 엄지손가락을 치켜들더니 "하!"라고 말했다. 전자음은 그가 게임 중임을 알려주었다.

갑자기 문 두드리는 소리가 났다. 에단이 창고 문을 열자 세라 또래의 소녀가 코트 주머니에 손을 넣고 안으로 들어왔다. 세라는 그 소녀가 머리를 한껏 세우고 진하게 화장한 것을 알아차렸다.

"안녕, 잘 지내?" 에단이 말했다.

세라는 움찔했다. 세라는 둘의 대화에 귀를 기울였다. 그 소녀는 사람들이 에단을 탓하는 것은 부당하다고 말했다.

"나도 알아." 에단이 말했다.

"난 아무 짓도 안 했어. 세라 잘못이지. 일이 건잡을 수 없게 되었어."

소녀는 코트를 벗더니 뭔가 먹어도 되는지 물었다. 에단이 크래커 두 상자를 집었다. 보드카 병도 내렸다.

"술 만한 건 없지."

세라는 무릎을 걷어차인 것처럼 무력감을 느꼈다. 죽음으로 빠져드는 동안 에단이 미안해하며 그녀와 맞먹는 고통을 겪을 것으로 생각했었다. 하지만 다른 사람에게 고통을 주기 위해 자기를 다치게 하는 것은 그저 사랑받기 위한 또 다른 울부짖음에 지나지 않았다. 세라는 두 개의 종이컵을 들고 있는 에단을 보면서 그 울부짖음이 사랑 고백만큼이나 소용없다는 것을 깨달았다.

죽음은 삶만큼이나 대수롭지 않았다.

세라는 애원하듯이 도르를 바라보았다.

"나를 왜 여기로 데려왔어요?"

벽이 녹아내리는 것 같더니 배경이 바뀌었다. 그들은 이제 세라가 토요일마다 일하던 쉼터에 있었다. 노숙자들이 아침을 받기 위해 줄 서 있었다.

그녀보다 나이 많은 여자가 오트밀을 뜨고 있었다. 푸른 야구모자를 쓴 남자가 앞으로 걸어 나왔다.

"세라는 어디 있어요?"

"안 왔어요."

"세라는 바나나를 더 줬는데."

"좋아요. 더 줄게요."

"나는 그 소녀가 좋아요. 조용하지만 난 그녀가 좋아요."

"2주 정도 그녀의 소식을 못 들었어."

"그녀가 괜찮았으면 좋겠네요."

"그러게요."

"그녀를 위해 기도해야겠어요."

세라가 눈을 깜박였다. 거기 있는 누군가가 자신의 이름을 알고 있으리라고는 생각하지 않았다. 그들이 자신을 그리워할 거라고는 생각하지 않았다.

'나는 그 소녀가 좋아요. 조용하지만 난 그녀가 좋아요.'

세라는 다른 노숙자들과 함께 앉아 있는 그 남자를 보았다. 그들은 끔찍한 상황 속에서도 온 힘을 다해 삶을 계속해나갔다. 세라는 소년에게 홀려서 너무나 많은 것을 흘려버렸다. 바나나를 좋아하는 그 남자가 에단보다 그녀를 더 많이 생각해주었다.

세라는 부끄러웠다.

세라는 도르를 돌아보며 힘들게 마른 침을 삼켰다.

"엄마는 어디 있어요?"

한 번 더 장면이 바뀌었다. 낮이었고 눈이 날리고 있었다.

세라, 도르, 빅토르는 중고 자동차 가게에 있었다. 겨울 파카를 입은 판매상이 서류철을 들고 사무실에서 나왔다. 판매상은 그들 사이를 뚫고 회색 밴의 조수석으로 다가갔다.

로레인이 앉아 있었다.

"엄청나게 춥네요." 그 남자가 입김을 뿜으며 차창을 통해 말했다.

"안에 들어가시죠?"

로레인이 고개를 흔들고 재빨리 서류에 서명했다. 세라가 조심스럽게 그녀 쪽으로 다가갔다.

"엄마?" 세라가 속삭였다.

판매상이 서류를 받았다. 로레인은 멀어지는 그를 바라보았다. 그녀는 입술을 앙다물었고 두 뺨에 눈물이 흘러내렸다. 세라는 학교에서 놀림당하였을 때도, 부모가 이혼했을 때도 엄마의 품에서 저렇게 울었다. 엄마는 때로는 자기만큼이나 화가 나 있었어도 언제나 시간을 내주었다. 엄마는 세라의 머리카락을 쓰다듬으며 다 잘될 거라고 위로해주었다.

세라는 지금 울고 있는 엄마에게 그렇게 해줄 수가 없어서 무력감을 느꼈다. 세라는 또 다른 남자가 서류를 접어 봉투에 넣으며 그 차로 다가가는 것을 보았다. 노스캐롤라이나에 사는 마크 삼촌이었다. 그가 운전석에 탔다.

"자, 끝났어." 삼촌이 말했다.

"여기까지 오게 해서 유감이지만 네가 서명하지 않으면 받지 않겠다고 해서 어쩔 수 없었어."

로레인이 약하게 숨을 내뱉었다.

"저 차는 다시 보고 싶지 않아."

"그래."

그들은 판매상이 푸른색의 포드를 주차장 뒤쪽으로 몰고 가는 모습을 조용히 지켜보았다.

"가자." 마크가 말했다.

"잠깐."

로레인은 그 차가 모퉁이를 돌아 보이지 않을 때까지 눈을 떼지 못했다. 그러더니 몸을 가누지 못하고 흐느꼈다.

"내가 옆에 있었어야 했는데."

"네 잘못이 아니야."

"난 그 애 엄마야!"

"네 잘못이 아니라고."

"그 애는 왜 그런 거지? 왜 나는 몰랐지?"

삼촌은 운전석에서 불편하게 몸을 돌려 그녀를 안았다.

세라는 두 어깨를 꼭 잡았다. 마음이 너무 아팠다. 그녀는 자신의 불행에서 벗어나는 데만 급급해서 자신이 가져올 불행은 생각하지 않았다. 그녀는 엄마가 그 봉투를 꼭 껴안고 있는 것을 보았다. 세라가 자살한 자동차의 영수증이야말로 딸이 남긴 마지막 물건이었기 때문이다.

도르가 세라 앞으로 갔다. 로레인의 질문을 부드럽게 되풀이했다.

"왜지?"

왜지?

왜 삶을 끝낸 거지? 왜 차고에서 죽었지? 왜 사랑했던 사람을 저렇게 고통스럽게 하지?

세라는 에단에게서 느꼈던 굴욕감, 친구들에게서 느꼈던

수치심, 컴퓨터 화면에 드러난 자신의 비밀을 보면서 느꼈던 충격, 폐에 가득히 매연을 들이마시며 죽어가는 것이 구원으로 느껴질 만큼 철저하게 망가진 미래, 그 모두를 설명하고 싶었다.

그를 탓하고 그녀 자신을 탓하고 싶었다. 하지만 에단을 보고, 어머니를 보고, 그녀가 알았던 세상 이후의 세상을 보면서 그녀는 밑바닥으로, 자기기만의 끝으로, 고치처럼 그녀를 감쌌던 진실로 다가갔다.

세라는 겨우 "너무 외로웠어요."라고만 대답했다.

그러자 시간의 아버지가 말했다.

"넌 결코 혼자가 아니었어."

도르는 그 말과 함께 세라의 눈 위에 자신의 손을 가져갔다.
갑자기 그녀 앞에 동굴이 나타났다. 수염을 기른 남자가 두 손에 얼굴을 파묻고 있었다. 두 눈은 감겨 있었다.

"당신이에요?" 세라가 속삭였다.

"사랑하는 사람과 멀리 떨어졌어."

"얼마 동안이나요?"

"시간이 생겨난 이후만큼이나."

세라는 그 남자가 일어나 동굴 벽으로 다가가더니 여러 가지 상징을 새기는 것을 보았다. 세 개의 구불구불한 선이었다.

"저게 뭐죠?"

"그녀의 머리카락이야."

"왜 그리는 거예요?"

"기억하기 위해서지."

"그녀는 죽었어요?"

"나도 죽고 싶었어."

"정말 그녀를 사랑했어요?"

"내 생명이라도 나눠주고 싶었어."

"당신의 삶을 끝내려고 했나요?"

"아니, 얘야." 그가 말했다.

"그건 우리 소관이 아니야."

도르는 이 말을 하면서 오직 이 순간을 위해 수천 년 동안 죽지 않은 것일지 모른다고 깨달았다. 그는 땅에 사는 그 누구보다 사랑 없이 사는 것에 대해 잘 알았다. 세라가 외로움에 관해 이야기하면 할수록 거기 있는 이유가 분명해졌다.

"난 정말 바보였어요." 세라는 후회했다.

"그는 나를 사랑해주지 않았어요."

"그런다고 네가 바보가 되는 건 아냐."

"말해주세요." 그녀의 목소리가 갈라졌다.

"언제쯤이면 아프지 않게 되죠?"

"그런 날이 영원히 오지 않을 수도 있어."

세라는 동굴에 혼자 있는 도르를 보았다.

"어떻게 살아 있었죠?" 그녀가 물었다.

"당신 없이 지낼 아내를 그리워하면서 말이에요."

"그녀는 항상 나와 함께 있었어."

도르는 세라의 눈에서 손을 뗐다. 그들은 밴이 눈 날리는 거리를 달려가는 것을 보았다.

"네게는 더 많은 세월이 있었어."

"난 그 세월을 원하지 않았어요."

"하지만 그 세월이 너를 원했던 거야. 너에게 주어진 시간을 네가 돌려줄 수 있는 것이 아니야. 바로 다음 순간에 네 기도는 응답받았을지도 몰라. 그걸 부인한다면 미래에서 가장 중요한 것을 부인하는 셈이지."

"미래에 가장 중요한 것이 뭔데요?"

"희망이지."

부끄러워진 세라는 다시 한 번 울었다. 그 어느 때보다 엄마가 그리웠다.

"너무 속상했어요." 뺨을 따라 눈물이 마구 흘러내렸다.

"그냥 모든 것이 끝난 거 같았어요."

"내일이 아니라, 어제를 끝났다고 하는 거야. "

도르가 손을 흔들자 거리가 사라지고 모래만 남았다. 한밤의 자주색으로 바뀐 하늘에 수많은 별이 채워졌다.

"너는 살아가면서 할 일이 많아, 세라 레몬."

"정말요?"

"보고 싶니?"

세라는 잠깐 생각하다가 고개를 흔들었다.

"아직은 보고 싶지 않아요."

도르는 세라가 치유되기 시작한다는 것을 느낄 수 있었다.

72

빅토르도 함께 그 모두를 지켜보고 있었다.

그는 이제 소녀의 불안한 마음과 떨리는 어깨와 흔들리는 목소리를 이해할 수 있었다. 세라는 불량소년에게 버림을 받고 죽으려 했던 것이다. 그는 세라의 순수함이 점점 좋아지고 있었다.

나이들면서 빅토르는 사랑에 대한 가치가 그렇게 중요하다고 생각해본 적이 없었다. 그는 아내 그레이스가 자기 때문에 삶을 끝내지 않으리라고 생각했다. 자신도 아내를 마음 깊이 사랑하면서도 그녀와 무관하게 죽음을 이기고 살아갈 방법을 찾고 있었다.

빅토르가 아직도 이해할 수 없는 것은 어떻게 이런 환영들이 만들어졌는가에 대한 의문이다. 그리고 시계 상점 점원이 정말 누구인지 하는 것이었다. 빅토르는 그가 처음과는 달라진 것을 알아차렸다. 가게에 있던 그는 단단하고 건강해서 거의 불멸의 존재처럼 보였다. 하지만 지금 그는 창백한 얼굴에 식은땀을 흘리고 있었고 기침은 점점 심해졌다. 빅토르는 이 모든 것이 떠도는 그의 뇌가 만들어낸 상상이라고 확신했다. 사람이 건강하게 깨어나서 시간 속에서 헤맬 수는 없다.

빅토르는 도르가 모래 위에 몸을 숙이고 손가락으로 모래를 헤집는 것을 바라보았다. 마침내 도르가 빅토르 쪽으로 고개를 돌렸다.

"당신에게도 보여줄 것이 있어요."

빅토르는 움찔했다. 자신이 떠나온 세상을 보고 싶지 않았다.

"내 이야기는 달라요." 빅토르가 말했다.

"따라오세요."

"나는 계획이 있어요, 알겠소?"

도르는 말없이 일어서서 이마의 땀을 닦고 혼란스러운 듯이 손을 바라보았다. 그는 언덕처럼 경사진 길을 다시 느리게 걷기 시작했다. 빅토르는 세라를 돌아보았고 세라는 아직 멍하니 괴로워했다. 이제 세라에게 동행을 원하는 쪽은 빅토르였다.

"같이 가줄래?" 빅토르가 물었다.

셋은 다시 경사로를 올라가기 시작했다.

73

안개가 걷혔을 때 셋은 인체냉동보존 창고에 돌아와 있었다.
유리섬유로 만든 거대한 통이 기념물처럼 서 있었다. 그중에
다른 것들보다 조금 작은 새 원통이 있었다.

"지금 보는 것이 미래인가요?" 빅토르가 물었다.

도르가 미처 대답하기 전에 문이 열리고 제드가 들어왔다.
갈색 겨울 코트를 입은 그레이스가 그 뒤를 따라왔다. 그녀는
주위를 살펴보며 한 걸음 한 걸음 조심스럽게 움직였다.

"부인이세요?" 세라가 속삭였다.

빅토르가 침을 삼켰다. 그레이스가 자신의 계획을 알게 되
리라고는 예상은 했다. 그러나 그 계획에 대해 알게 된 그녀의
모습을 실제로 볼 줄은 몰랐다.

제드가 작은 통을 가리키는 것을 보았다. 그레이스가 입술

위로 두 손을 모으는 것을 보았다. 그녀가 기도하는 것인지, 아니면 혐오감을 감추는 것인지 분간할 수 없었다.

"저 안이에요?" 그레이스가 말했다.

"그는 혼자 들어가고 싶어했어요." 제드가 귀를 긁적였다.

"미안합니다. 그가 당신에게 말하지 않은 건 몰랐습니다."

그레이스는 통에 다가가려는 것인지 멀어지려는 것인지 모호하게 두 팔을 벌렸다.

"안이 보여요?"

"보이지 않습니다."

"하지만 시체가 저 안에 있죠?"

"환자요."

"뭐요?"

"우리는 '환자'라고 부릅니다. '시체'가 아닙니다."

"뭐요?"

"죄송합니다. 힘드실 겁니다."

전류가 소리를 내며 나지막하게 흐르는 가운데 그들은 어색하게 입을 다물고 있었다. 마침내 제드가 헛기침을 하고 "혼자 있게 해 드리죠. 앉으십시오."라고 말했다.

빅토르는 고개를 저었다. 갑자기 자신의 죽음이 교묘하게 조작되었다는 생각이 들었고, 아내 그레이스가 추레한 의자에 앉아 자신을 애도한다는 사실이 당황스러웠다.

그레이스는 의자에 앉을 수 없었다.

그녀는 제드에게 인사하고 그가 나가는 것을 보았다. 그러고는 천천히 통으로 다가가서 표면을 손가락으로 쓸었다.

그녀의 아랫입술이 벌어졌다. 어깨를 늘어뜨리고 힘겹게 숨을 내쉬자 키가 5센티미터는 줄어든 것 같았다.

"그레이스, 괜찮아." 빅토르는 불쑥 말을 건네본다.

그녀가 주먹으로 통을 내리쳤다.

다시 내리쳤다. 중심을 잃고 하마터면 뒤로 쓰러질 뻔했다.

그녀는 몸을 펴더니 코를 한 번 훌쩍이고는 뒤도 돌아보지 않고 출입구로 걸어갔다.

문이 닫혔다. 그 침묵은 빅토르를 향하는 것 같았다. 도르와 세라가 그를 바라보았다. 그는 발가벗겨진 기분에 시선을 피했다. 빅토르는 죽음을 위장하면서 아내보다 과학자들을 믿었다. 아내와 자기가 지상에서 가장 친밀한 관계라는 사실을 망각했던 것이다. 그는 매장할 시체도 남겨두지 않았다. 그런 상황을 만들어놓았는데 지금 그녀가 그를 어떻게 애도할 수 있을까? 그는 그녀가 이곳에 다시 올지도 의심스러웠다.

빅토르는 세라를 바라보았다. 그녀는 당황한 것처럼 고개를 숙이고 있었다.

도르를 바라보았다.

"이 일이 성공하는지 보여주시오." 빅토르가 으르렁거리듯이 말했다.

74

복잡했다. 엄청나게 복잡했다.

자신의 미래에 대한 빅토르의 첫인상이었다.

그들은 모래의 길을 따라 걷다가 거대한 유리를 지난 다음 텅 빈 공간으로 내려가서 또 다른 안갯속으로 들어갔다. 안개가 걷히면서 블록마다 빽빽하게 들어선 높고 거대한 빌딩들이 드러났다. 빅토르는 이곳이 몇 세기 후의 도시일 것으로 생각했다. 강철의 푸른색과 회색 이외에 거의 색깔이 없고 초록색은 아예 없었다. 하늘에는 특이한 작은 비행물체가 점점이 떠 있었다. 떠도는 공기마저 달랐다. 더 걸쭉하고 더럽고 차가웠다. 사람들의 옷차림은 그런 걸 개의치 않았다. 그들의 얼굴은 지난 시대와 달랐고 머리 색깔은 물감 통의 물감들처럼 알록달록했으며 머리는 커졌다. 남녀를 구분하기도 어려웠다. 아무도 늙지 않는 것처럼 나이를 알 수도 없었다.

"여기가 아직 지구인가요." 세라가 물었다.

도르가 고개를 끄덕였다.

"그러면 내가 성공한 겁니까?" 빅토르가 말했다.

"나는 살아 있는 건가요?"

도르가 다시 고개를 끄덕였다.

그들은 도시의 거대한 광장에 서 있었다. 수만 명의 사람이 머리를 기계들 속에 처박거나 눈앞의 검은 안경에 대고 뭐라고 떠들면서 세 사람 주위를 분주하게 움직였다.

"얼마나 먼 미래인가요?" 세라가 물었다.

빅토르가 주위를 둘러보며 미소를 지었다.

"내 생각에는 몇백 년이 흐른 것 같은데."

빅토르는 삶을 성공과 실패로 판단하기 때문에 자신이 이겼다고 믿었다.

"그러면 난 어디 있죠?"

도르가 손가락으로 가리키자 풍경이 바뀌었다. 이제 그들은 탁 트인 거대한 홀에 있었다. 사방이 은색과 흰색의 불빛으로 조명되어 있고 천장은 거대하고 높았으며 허공에는 스크린들이 떠 있었다.

스크린마다 빅토르가 나타났다.

"도대체 무슨 일이 벌어지고 있는 겁니까?"

스크린마다 빅토르의 삶이 보였다. 30대의 자신이 회의실에서 악수하는 모습, 50대의 자신이 런던에서 기조연설을 하는 것, 80대의 자신이 병원에서 그레이스와 암 진단서를 들여다보는 것이 보였다. 사람들은 무슨 전시회라도 구경하듯이 무리 지어 스크린을 보고 있었다. 미래에 내가 전설적인 인물이 되는 걸까? 빅토르는 생각했다. 의학의 기적으로? 누가 알겠어. 아마 이 건물이 그의 것일지 모른다.

하지만 어디서 저런 이미지들을 구했지? 이런 순간들을 필름에 담은 적은 없었다. 그가 몇 주 전에 사무실 창문으로 고층 건물에 앉아 있는 남자를 응시하는 모습도 보였다.

"당신이었죠?" 도르에게 물었다.

"네."

"왜 나를 쳐다보았죠?"

"당신이 자기 삶보다 더 많이 살고 싶어하는 이유가 궁금했어요."

"그러지 않을 이유가 있습니까?"

"그건 선물이 아닙니다."

"당신이 어떻게 압니까?"

도르가 이마를 문질렀다.

"내가 그러고 있으니까요."

75

빅토르가 말을 잇기도 전에 홀에서 소란이 일었다. 이제 홀은 관람객으로 빽빽이 들어찼다.

그들은 떠다니는 의자에 앉거나 벽에 붙어서 스크린에 펼쳐 지는 장면에 요란하게 반응했다.

스크린에는 프랑스에서 보냈던 빅토르의 어린 시절이 상 영되고 있었다. 빅토르의 부모가 그를 무릎에 태워서 흔들고, 할머니가 숟가락으로 그에게 수프를 먹이고, 그가 아버지의 장례식에서 울고 어머니 옆에서 기도하는 모습들이 나타났다.

"어제가 되게 해주세요." 그가 그 말을 하자 군중이 '헉' 하 는 소리를 냈다.

"그들이 왜 내 삶을 보는 거요?" 빅토르가 물었다.

"나는 어디 있는 거죠?"

도르는 한구석에 있는 거대한 유리 튜브를 가리켰다.

"저게 뭡니까?" 빅토르가 물었다.

"한 번 보세요." 도르가 말했다.

빅토르는 유령처럼 군중을 뚫고 쭈뼛거리며 다가갔다. 그 앞에 도착한 그는 튜브 쪽으로 몸을 숙였다.

공포가 파도처럼 그를 집어삼켰다.

튜브 안에는 쪼글쪼글한 분홍색의 그가 있었다. 그의 근육은 쪼그라들었고 피부는 화상을 입은 것처럼 얼룩덜룩했으며 머리에는 여기저기 전선이 붙어 있었다. 그 전선들은 수많은 기계와 이어졌다. 그는 고통스러운 표정으로 눈을 뜨고 입을 벌리고 있었다.

"이럴 수는 없어." 그의 목소리가 커졌다.

"난 살아났어야 해. 난 서류가 있어. 돈도 많이 줬다고!"

빅토르는 변호사들의 경고를 기억해냈다.

'모든 것을 방어할 수는 없습니다.'

급하게 방법을 찾느라 한심하게 그 말을 무시했던 것일까?

"무슨 일이 있었죠? 누가 책임져야 합니까?"

사람들은 마치 어항 속의 물고기를 들여다보듯이 그의 벌거벗은 몸을 바라보며 계속 움직였다.

빅토르는 도르에게 돌아섰다.

"내게는 서류가 있어요! 파일이 있어요!"

"이제는 없어졌어요." 도르가 말했다.

"나를 보호하도록 사람들을 고용했습니다."

"이제는 사라졌어요."

"내 돈은요?"

"사람들이 가져가 버렸어요."

"법이 있었어요!"

"새 법이 생겼어요."

빅토르는 털썩 주저앉았다. 그의 대단한 계획은 이렇게 끝난다는 말인가? 배신으로? 희생양으로? 기형인 사람이나 동물을 보여주는 초현대적인 프릭쇼로?

"저 사람들은 모두 뭘 하는 거죠?"

"당신의 기억을 보는 거죠."

"왜요?"

"어떤 느낌이 드는지 기억하기 위해서요."

빅토르는 무릎을 꿇었다.

그는 바른 판단을 내리는 데 너무나 익숙했다. 평소에 사소한 실수를 저지르지 않는 대신 마지막 순간에 엄청난 실수를 저질렀던 것일까?

빅토르는 자신의 과거를 지켜보는 얼굴들을 살펴보았다. 그들은 젊고 아름답기도 했지만 다들 멍했다.

"이 시대 사람들은 우리가 상상했던 것보다 더 오래 살아요." 도르가 설명했다.

"그들은 깨어 있는 순간을 모두 자신의 행동으로 채우지만 공허합니다. 그들에게 당신은 인공적인 유물이에요. 그리고 당신의 기억은 희귀합니다. 당신은 더 단순하고 만족스러웠던 세상을 연상시키니까요. 그들이 더는 알지 못하는 세상 말입니다."

빅토르는 결코 그렇게 생각한 적이 없었다. 단순? 만족? 그도 항상 급하고 탐욕스럽지 않았던가? 하지만 빅토르가 냉동된 후에 시간에 굶주린 세상이 가속화되었다. 그래서 이런 미래와 비교하면 그의 세상은 더 단순하고 만족스러웠다는 것을 빅토르는 깨달았다.

스크린의 이미지들은 모두 감정을 보여주었다. 소년 시절 식량 자루를 도둑맞고 눈물을 흘리는 모습. 회사 엘리베이터에서 그레이스와 마주치고는 수줍은 미소를 짓는 모습. 생의 마지막 밤에 집을 나서는 그레이스를 애절하게 바라보던 모습⋯⋯.

이제 그는 자신이 침대에 누워 있고 아내가 신년 행사장으로 떠나는 장면을 보았다.

"최대한 빨리 올게요."

"나는⋯⋯."

"뭐예요, 당신?"

"여기, 여기서 기다릴게."

스크린 속의 그레이스는 남편을 다시 볼 것이라 믿으며 복도를 걸어갔다. 그는 어떻게 그렇게 잔인할 수 있었을까? 갑자기 그녀가 간절히 그리웠다. 어른이 되고 나서 처음으로 과거로 돌아가고 싶었다.

스크린마다 그레이스의 뒷모습을 바라보는 빅토르가 비춰졌다. 군중이 일어섰다. 화면은 유리 튜브 안을 비췄고 갇혀 있는 빅토르의 뺨으로 눈물이 한 방울 흘러내렸다.

빅토르는 자신의 한쪽 뺨도 젖는 것을 느꼈다.

도르가 손가락으로 그 눈물을 받았다.

"이제 알겠어요? 시간이 끝이 없다면 그 무엇도 특별하지 않습니다. 상실도 희생도 없다면 우리는 그 무엇에도 감사할 수 없습니다."

도르는 빅토르의 눈물을 살펴보았다. 그리고 자신의 동굴이 떠올랐다. 자신이 이 여행에 선택된 이유를 마침내 깨달았다. 그는 영겁의 시간을 살았다. 빅토르는 영겁을 원했다. 도르는 그 노인의 마지막 말, 이제는 빅토르와 나누게 된 그 말을 이해하는 데 수세기가 걸렸다.

"신이 사람의 수명을 정해둔 데는 이유가 있습니다."

"왜죠?"

"한 사람 한 사람이 귀하도록."

76

시간의 아버지는 자기 이야기를 들려주었다.

빅토르와 세라에게 자신이 태어난 세상에 대해 들려주는 동안 목소리는 거칠어지고 기침이 심해졌다. 막대로 만든 해시계와 그릇으로 만든 물시계에 대해, 아내 앨리와 세 아이에 대해, 어린 시절 그를 찾아왔다가 어른이 된 그를 동굴에 가두었던 하늘에서 온 노인에 관해 이야기했다.

빅토르와 세라에게 그 이야기는 대부분 믿기 어려웠다. 도르가 님의 탑에 올라갔던 이야기를 하자 세라가 "바벨탑이에요."라고 속삭였고 빅토르가 "그건 그냥 신화일 뿐이야."라고 중얼거렸다.

동굴에서 지내던 시간에 관해 이야기할 순간이 오자 도르는 그의 손을 빅토르의 눈에 대고 아내, 아이들, 친구들 없이 홀로 갇혀 있던 수세기의 외로움을 보게 했다. 두 번째 인생? 열 번째 인생? 천 번째 인생? 그것이 뭐라고? 어차피 그건 그의 인생이 아니었다.

"나는 살았어요. 하지만 산 것이 아니었어요."

빅토르는 도르가 탈출하려던 모습, 석회석 벽을 두드리던 모습, 반짝이는 웅덩이로 기어가던 모습을 보았다. 그는 불협화음처럼 시간을 달라고 애원하는 목소리들을 들었다.

"저 목소리들은 모두 뭐죠?" 빅토르가 물었다.

"불행이죠." 도르가 말했다.

도르는 우리가 시간마다 종을 울리게 되면서 만족하는 능력을 잃어버렸다고 설명했다.

더 많이 이루기 위해 더 많은 시간을 달라는 요구와 더 빨리 시간을 흐르게 해달라는 요구는 항상 있었다. 해가 뜨고 또 다른 해가 뜨는 사이에 느꼈던 삶의 단순한 기쁨은 사라졌다.

"인간이 능률을 위해, 시간을 채우기 위해 하는 모든 것? 그건 만족을 주지 않아요. 오히려 허기져서 더 많은 일을 하게 하죠. 인간은 현재의 자기에게 집착합니다. 하지만 아무도 시간을 가지지는 못합니다."

그는 빅토르의 눈에서 손을 내렸다.

"삶을 재는 것은 삶을 사는 것이 아닙니다. 나는 분명히 알아요. 내가 그 일을 한 최초의 인간이니까요."

도르의 얼굴은 더 창백했다. 땀으로 머리카락은 축축했다.

"당신은 몇 살이죠?"

도르가 고개를 흔들었다. 자신의 삶을 셌던 최초의 인간은 자신이 얼마나 나이를 먹었는지 전혀 몰랐다.

그는 깊고 고통스럽게 숨을 들이쉬었다.

그리고 쓰러졌다.

77

도르의 폐는 힘겹게 숨을 쉬었다. 눈은 뒤집혔다. 그는 고대의 전염병에 시달리고 있었다.

6,000년 동안 그는 지나가는 순간들에 영향을 받지 않았다. 지구는 나이가 들어갔지만 그는 한 번도 숨을 쉬지 않았다. 하지만 방정식이 바뀌었다. 그는 세상을 멈추었다. 그리고 세상이 더 나아가지 않자 시간의 아버지가 나아가기 시작했다. 피부에는 순식간에 반점이 생겼다. 그의 쇠락이 뒤따랐다.

"그에게 무슨 일이 있는 거죠?" 세라가 물었다.

"몰라." 빅토르가 말했다. 미래가 희미해지고 있었다. 관람객들도, 그곳도, 언젠가 죽어야 하는 빅토르의 껍데기를 담고 있는 튜브도 불에 던져 넣은 사진처럼 사그라졌다. 모래시계는 제 크기로 줄어들었고 모래는 모래시계 위쪽으로 도로 들어갔다.

"그를 도와야 해요." 세라가 말했다.

"어떻게? 너는 그가 겪은 일을 봤잖아. 우리가 그를 어떻게 돕겠니?"

'너는 그가 겪은 일을 봤잖아.'

"잠깐만요." 세라가 말했다.

그녀는 자신의 얼굴 쪽으로 도르의 왼팔을 들어 올렸다.

"다른 팔을 잡으세요." 그녀가 빅토르에게 말했다.

그들은 도르의 손으로 눈을 가렸다. 그들은 같은 순간을 보았다. 도르가 아내를 내려다보고 있었다. 그녀의 얼굴은 땀에 젖어 있고 피부에는 빨갛게 반점이 나 있었다. 그들은 도르가 엘리의 뺨에 입을 맞추면서 두 사람의 눈물이 섞이는 것을 보았다.

'내가 고통을 멈추어줄게. 내가 모든 것을 멈추어줄게.'

"맙소사." 세라가 속삭였다.

"그녀와 같은 병에 걸렸군요."

그들은 도르가 님의 탑으로 달려가는 모습을 보았다. 그들은 그가 필사적으로 탑에 기어오르는 것을 보았다. 그들은 이 시대 사람들이 불가능한 신화로 여기던 사건을 지켜보았다. 인간이 건설한 가장 높은 구조물이 파괴되는 모습을 보았다. 그리고 신이 허락한 유일한 생존자를 보았다.

하지만 도르가 동굴로 쓸려 들어가서 "네가 구하던 것이 힘이냐?"라고 묻는 로브 차림의 노인을 만나는 순간 빅토르와 세라는 동시에 그의 손을 놓았다.

그들은 서로를 바라보았다.

"너도 봤지?" 빅토르가 말했다.

세라가 고개를 끄덕였다.

"그를 데려가야 해요."

어쩌면 그들은 절대 만나지 못했을 것이다.

세라 레몬과 빅토르 들라몽트는 다른 세계 사람이었다. 세라는 고등학교와 패스트푸드의 세계에 속하고 빅토르는 회의실과 하얀 테이블보의 세계에 속했다.

하지만 운명은 우리가 이해할 수 없는 방식으로 연결된다. 그리고 이 순간 우주는 멈춰 있고 그들 둘만이 그들의 인생을 바꾸려 했던 한 사람의 운명을 바꿀 수 있다. 세라가 모래시계를 들자 빅토르가 모래시계의 바닥을 뺐다. 도르가 그렇게 모래를 쏟아 펴놓으면 미래가 펼쳐졌다. 그들은 도르처럼 했다. 이번에는 모래시계 아래쪽에서 과거의 모래를 빼냈다.

그다음에 그들은 도르의 무릎과 어깨 아래에 손을 밀어 넣었다.

"이제 우리에게 무슨 일이 벌어질까요?" 세라가 물었다.

"모르겠구나." 빅토르가 말했다.

그는 정말 몰랐다. 도르는 그들을 세상에서 들어냈다. 그가 없다면 그들의 영혼이 어디를 떠돌지는 아무도 몰랐다.

"우리는 함께 있겠죠?" 세라가 말했다.

"아무렴." 빅토르가 그녀를 안심시켰다.

그들은 시간의 아버지를 들고 그 길 위를 걷기 시작했다.

다음에 무슨 일이 벌어지는지 목격한 사람은 없고 시간이 얼마나 걸렸는지 아는 사람도 없다.

빅토르와 세라는 지나간 시간의 모래 위를 걸었다. 이전에 찍던 반짝이는 발자국들이 발로 다시 스며들었다.

그들이 길에서 내려서자 안개가 걷혔다. 하늘은 별로 빛났다. 허공에 걸려 있는 눈송이들과 길 위에 얼어붙은 자동차들과 새해를 맞으며 굳어버린 사람들 사이에 한 명의 십 대와 한 명의 노인이 서 있었다.

그들은 오처드 143번지의 어느 차양 아래에서 기다렸다.

문이 열렸다.

그리고 낯익은 얼굴의 시계 상점 주인이 동굴에서 입었던 하얀 로브 차림으로 부드럽게 말했다.

"그를 여기로 데려오게."

78

그들은 시계 상점 안으로 걸어 들어가 그의 몸을 바닥에 내려 놓았다.

"그는 누구죠?" 빅토르가 노인에게 물었다.

"도르지."

"그는 우리를 위해 여기 온 건가요?"

"자신을 위해서도 온 거야."

"죽어가고 있나요?"

"응."

"우리도 죽어가고 있어요?"

"모두가 태어나는 순간부터 죽어가지."

노인은 그들의 얼굴에서 공포를 보았다.

빅토르는 거의 의식이 없는 도르를 바라보며 그의 정체뿐

만 아니라 수많은 것들에 대한 자신의 생각들이 틀렸음을 깨
달았다. 도르가 골라준 그 회중시계의 뜻에 대해서도 알게 되
었다.

도르는 골동품으로서의 가치 때문이 아니라 아버지, 어머
니, 아이가 있는 가족의 그림 때문에 그 시계를 골라주었다.
빅토르가 너무 늦기 전에 아내 그레이스의 의미를 깨닫기 바
랐던 것이다.

"그는 왜 벌을 받았죠?" 빅토르가 물었다.

"벌을 받은 것이 아니야."

"그 동굴은요? 그 세월은요?"

"그건 축복이었지."

"축복이오?"

"그래. 그는 삶에 감사하는 법을 배웠어."

"하지만 너무 오래 걸렸어요." 세라가 말했다.

노인이 모래시계 허리에서 고리를 빼냈다.

"뭐가 오래 걸려?"

노인은 고리를 도르의 손가락에 끼웠다. 모래알 하나가 도
르의 손가락에서 떠올랐다.

"그는 어떻게 되는 거죠?" 세라가 물었다.

"그는 자기 이야기를 끝내게 될 거야. 너희들처럼."

도르는 눈을 감고 꼼짝하지 않았다. 그의 두 손이 바닥에
축 늘어져 있었다.

"너무 늦었나요?" 세라가 속삭였다.

노인이 빈 모래시계를 들더니 뒤집었다. 그리고 모래시계 위로 그 모래알을 들어 올렸다.

"결코 너무 늦지도 너무 이르지도 않아." 그가 말했다.

그리고 모래알을 놓았다.

79

우리는 세상이 멈춰야 세상이 만드는 소리를 깨닫게 된다. 그러다 세상이 시작되면 그 소리는 마치 오케스트라 연주처럼 들린다. 부서지는 파도, 몰아치는 바람, 떨어지는 빗방울, 짹짹거리는 새들. 전 우주에서 시간이 다시 시작되었고 자연이 노래했다.

도르는 머리가 빙빙 돌고 몸이 축축 늘어지는 것을 느꼈다. 그는 땅 위에서 기침하며 깨어났다. 강렬한 태양이 하늘 높이 걸려 있었다.

그는 집에 돌아온 것을 즉시 알았다.

가까스로 일어서서 꼭대기가 구름에 가려진 탑과 님을 보았다. 그가 서 있는 길은 그 탑으로 이어졌다.

도르는 깊게 숨을 들이쉬더니 돌아섰다. 그 누구도 하지 못한 일을 할 기회가 주어지자 망설이지 않았다. 자신의 발걸음을 되돌렸다.

도르는 앨리에게 달려갔다.

열이 오르고 발작적으로 숨이 막혔지만 필사적으로 계속 달렸다. 그의 죽음이 당겨지더라도 걸음을 늦추지 않을 것이다. 한 문장이 그의 머릿속에 떠올랐다.

'시간은 흘러간다.'

그 말을 계속 되뇌며 언덕들을 지나고 고원으로 들어섰다. 익숙한 바위들이 나타나고 갈대로 만든 오두막이 나타난 후에야 자신이 그토록 바라던 일이 정말로 이루어진 것인지 믿기지가 않아서 걸음을 늦추었다. 사람이 열망하던 것에 다가설 때 그러듯이…… 감히 그가 바라볼 수 있을까? 그가 꿈꾸던 전부를? 영겁의 시간 동안 그를 지탱해준 전부를?

가슴이 들썩였다. 땀에 흠뻑 젖어 있었다.

"앨리?" 소리쳤다.

그는 오두막으로 들어갔다.

그녀는 담요 위에 누워 있었다.

"내 사랑!" 앨리가 속삭였다.

그녀의 목소리는 기억하던 그대로였다. 그가 동굴에서 들었던 수십억 개의 목소리 중에 그렇게 감미로운 목소리는 없었다. 세상의 어떤 목소리도 이런 느낌을 주지는 못했다.

"나 여기 있어." 그가 무릎을 꿇으며 말했다.

그녀가 그의 얼굴을 보았다.

"당신도 병에 걸렸군."

"당신보다 심하지는 않아."

"어디 갔었어?"

그는 대답하려고 했지만 더는 그가 겪을 일들을 떠올릴 수 없었다. 이미지들이 흐릿해졌다. 노인? 소녀? 그는 자기 길로 돌아왔고 영겁의 삶에 대한 기억은 흐릿해졌다.

"난 당신의 고통을 멈춰주려고 했어." 그가 말했다.

"우리는 하늘의 선택을 막을 수는 없어."

그녀가 힘없이 미소 지었다.

"내 곁에 있어."

"영원히 있을게."

그는 그녀의 머리카락을 쓰다듬었다. 그녀는 고개를 돌렸다.

"저기." 그녀가 속삭였다.

하늘이 오렌지색과 보라색과 크랜베리색의 멋진 놀로 물들어 있었다. 도르는 엘리 옆에 누웠다. 그들의 힘겨운 숨소리가 겹쳤다. 예전이었다면 도르는 이 숨소리를 셌을 것이다. 이제 그는 그 소리에 빠져든 채 귀만 기울였다. 그는 모든 것을 바라보았다. 그는 그 모두를 받아들였다. 손을 늘어뜨리고 모래에 뭔가를 그렸다. 위는 넓고 가운데는 좁고 아래는 넓은 뭔가를…… 이게 뭐지?

바람이 불고 그 그림 주위로 모래가 흩어졌다. 그는 손가락으로 아내의 손가락을 감쌌고 시간의 아버지는 그녀와 다시 이어졌다. 그는 그들 삶의 마지막 순간이 서로 만나는 것을 느꼈다. 동굴에서 물이 떨어져 천장과 바닥이 만나고 하늘과 땅이 만난 것처럼.

그들의 눈이 감기는 동안 다른 사람들이 눈을 떴다. 하나가 된 그들의 영혼은 같은 하늘에 뜬 해와 달처럼 땅에서 위로 위로 솟아올랐다.

에필로그

도르라는 남자와 앨리라는 여자가
돌을 던지고 아이들과 웃으며
맨발로 언덕을 달려간다.
그들의 머릿속에 시간이란 것은 없다.

80

세라 레몬은 병원에 실려 갔다.

그녀는 밤새도록 병원에 있었다. 그녀는 폐를 세척하고 지끈대던 두통이 멈추자 휴대전화에서 에단이 바꿔준 시끄러운 헤비메탈 벨 소리가 흘러나왔던 것을 떠올리며 자신이 얼마나 운이 좋은지를 생각했다. 어머니가 새해 인사를 하기 위해 전화를 걸었던 것이다.

　어머니의 벨 소리에 깜짝 놀란 세라는 무슨 일이 일어날지를 깨닫고 자동차 문과 차고의 자동문을 열고 밖으로 쓰러졌다. 그녀는 격렬하게 기침을 하면서 콘크리트 바닥을 기어 바깥으로 나왔다. 이웃사람이 그녀가 눈 속에 누워 있는 것을 보고 응급구조대에 전화했다.

응급실의 세라 옆에는 빅토르 들라몽트가 누워 있었다.

그는 암과 신장부전으로 그녀보다 먼저 입원했었다. 그를 데려온 남자는 그가 복통을 호소한다고만 말했지만 그는 투석을 멈춘 환자였기 때문에 새로 수혈을 받아야 했다.

빅토르가 인생의 마지막 순간에 어떻게 계획을 바꾸었는지는 절대 알려지지 않았다. 그의 몸이 들어 올려져 얼음으로 들어가는 순간 그는 눈을 크게 뜨고 로저를 바라보았다. 빅토르는 그날 저녁 로저에게 무슨 이유로든 자신의 생각이 바뀌면 하나의 단어로 신호를 보낼 테니 그 계획을 중지시키라고 지시했었다.

'알겠나? 그 순간이 오면 머뭇거리지 말게.'

'알겠습니다.'

그리고 그 순간이 왔다. 그가 그 단어를 말했다. 그 단어를 듣자마자 로저가 소리쳤다.

"당장 멈춰요!"

그는 검시관과 의사를 뒤로 물러나게 하더니 즉시 구급차를 불렀다. 그는 늘 그랬듯이 빅토르의 지시에 따랐다. 분명하게 그 단어를 들었기 때문이다.

"그레이스!"

81

이것은 오래전에 시작되었던 시간의 의미에 관한 이야기이다.
그리고 이 이야기는 지금부터 몇 년 전의 붐비는 연회장에서
끝난다.

연회장에는 유명한 의학자가 박수를 받고 있다. 그녀는 '연
구팀의 노력'이라며 동료에게 공을 돌렸다. 하지만 그녀를 소
개한 남자는 세라 레몬 박사가 우리 시대 가장 무서운 질병의
치료법을 발견했다는 평가를 전 세계로부터 받고 있다고 전한
다. 그 치료법은 수백만 명의 사람들을 구할 것이고 우리 삶은
더는 이전과 같지 않을 것이라고 설명했다.

"인사하세요." 그 남자가 말한다.

그녀가 고개를 숙인다. 그녀는 순순히 손을 흔든다. 그녀는
선생님들과 동료 연구원들에게 감사한 뒤 어머니인 로레인을

소개한다. 로레인은 핸드백을 들고 서서 미소를 짓는다. 세라는 빅토르 들라몽트라는 후원자가 없었다면 이 일이 불가능했을 것이라고 말한다. 그는 그녀가 원하는 대로 의대에 진학할 수 있도록 모든 학비를 지원한다고 유언장에 남겼다.

그는 세라가 치료법을 발견한 바로 그 질병으로 죽었고 죽기 직전에 과감하게 유언장을 바꾸었다. 그들이 응급실에서 함께 밤을 보낸 뒤 그는 석 달을 더 살았다. 하지만 그의 아내인 그레이스는 그 석 달이 그들의 결혼 생활에서 가장 소중한 시간이었다고 말했다.

"여러분 모두 정말 감사합니다." 세라가 말을 마친다.

사람들이 일어서서 박수를 보낸다.

그 시간 로어맨해튼의 자갈길. 새로운 거주자가 오처드 143번지에 이사 들어올 준비를 한다. 인부들이 설계도에 따라 벽을 무너뜨린다.

"우와." 인부 한 명이 말한다.

"뭔데?" 또 다른 인부가 말한다.

손전등이 바닥 아래에 감춰져 있던 동굴 같은 공간을 비춘다. 벽에는 상상할 수 있는 온갖 형태와 상징들이 새겨져 있다. 구석에는 모래가 한 알 담긴 모래시계가 있다.

호기심 많은 인부가 모래시계를 들어 올리자 책에는 표현할 수 없을 만큼 멀리 떨어진 어딘가에서 도르라는 남자와 앨리라는 여자가 돌을 던지고 아이들과 웃으며 맨발로 언덕을 달려간다.

그들의 머릿속에 시간이란 것은 없다.

감사의 말

먼저 신께 감사한다. 그분의 은총이 없다면 아무것도 하지 못했을 것이다. 유난히 힘든 책이 있다. 이 책을 작업하면서 내게 참을성을 보여주고 처음부터 믿어준 모두에게 감사한다. 내 가족, 형제, 동료들……

'친구'라는 단어를 다시 정의해준 로지와 채드에게 특별히 감사한다. 그들은 힘든 나날을 끝없는 응원으로 채워주었다. 잊지 않을 것이다. 이 책을 처음 보고 시간의 아버지가 들려줄 이야기가 있을 것이라며 내게 용기를 주었던 앨리, 로지, 릭, 트리샤에게 깊이 감사한다.

이 책을 읽고 교열을 해주었을 뿐만 아니라 어색한 부분을 모두 잡아준 케리에게 끝없이 감사한다. 이 이야기가 세상에서 숨을 쉬고 제자리를 찾은 것은 그녀 덕분이다. 그리고 나를 곤경에서 구해준 멘델에게도 감사한다.

25년 동안 나를 믿어준 데이비드, 대양에서 뗏목이 되어주는 앤도넬라, 수전, 앨리, 데이비드 L. 그리고 팀블랙 Inc.의 직원들에게 감사한다. 출판을 도와준 엘렌, 엘리자베스, 사만다, 크리스틴, 질 등 하이페리온의 친구들과 샐리앤에게 감사한다. 그리고 언제든 "네."라고 말해 나를 기쁘게 해준 편집자 월 슈월비에게 깊이 감사한다.

이 소설을 위해 흔쾌히 정보를 제공해준 미시건주 클린턴 타운십의 냉동보존연구소와 그 직원들에게 특별히 감사한다. 빅토르와 관련하여 인체냉동보존 과학과 그 시술자 그리고 환자들에 대해 어떤 판단도 내리려는 의도는 없다. 이 이야기는 결국 허구일 뿐이다.

더불어 어머니, 아버지, 카라, 피터를 비롯해 나의 모든 가족에게 감사한다. 마지막으로 내 삶의 단 하나뿐인 앨리가 있다. 도르가 그의 앨리에게서 보았던 모든 것을 난 매일 나의 앨리에게서 본다. 고마워, 재닌.

그리고 무슨 이야기인지 궁금해하며 이 책을 골라준 믿음직한 독자들에게 감사한다. 여러분은 내가 문장들을 만들 때 내 작업의 뼈대이자 내 마음의 눈이 되어준다. 여러분이 내게 주는 희망과 영감을 조금이나마 돌려줄 수 있기를 바란다.

2012년 5월
미시건주 디트로이트에서 미치 앨봄

옮긴이의 말

문득 이런 생각을 해보게 된다. 도대체 언제부터 내 삶에 시간이란 것이 들어왔을까?

돌이켜보면 어린 시절에는 시간의 존재감이 그리 크지 않았다. 그때의 시간이란 기껏해야 점점 밝아지다가 다시 어두워지는 빛깔들로 규정되거나 아침을 알리는 새소리와 저녁을 알리는 풀벌레 소리로 규정되거나 아버지의 출퇴근으로 규정되었다. 그래서일까? 어린 시절의 시간은 지겹게도 흐르지 않았다. 세상은 늘 거대하고 나는 항상 작았다. 그런데 그렇게 무한히 늘여져 한없이 계속될 것 같던 시간이 어느 순간 몸을 일으켜서 속도를 높이더니 미친 듯이 질주하기 시작했다.

나의 시간이 속도를 높이기 시작한 건 아마도 학교에서 시계 보는 법을 처음으로 배운 순간부터였던 것 같다. 이제 나의 시간은 하루가 아니라 일주일 단위로 흐른다. 조만간 한 달 단위로 흐를지도 모르겠다. 시간이 제 나이만큼의 속도로 흐른다던 말은 사실이었다. 스무 살일 때는 20킬로미터의 속도로, 서른 살일 때는 30킬로미터의 속도로……. 물론 아주 가끔이지만 시간이 질주를 멈추고 한없이 게으름을 피우는 순간도 있다. 싫은 사람과 대화를 나누거나 그리운 친구와의 만남을 손꼽아 기다릴 때 등등. 내 경험으로는 시계를 보는 횟수가 늘어갈수록 시간은 더 빠르게 혹은 더 더디게 흘러갔다.

그렇게 느리게 혹은 빠르게 흐르던 시간은 차곡차곡 쌓여 나의 나이가 되고 경력이 되었지만 정작 내 기억 속에, 추억 속에 남은 순간은 얼마 되지 않는다. 장면 장면으로 이어붙이면 채 1년도 되지 않을 것 같다. 도대체 내게 주어졌던 그 많던 시간은 모두 어디로 간 걸까? 나는 그 많던 시간을 무얼 하며 보낸 걸까?

나이로만 남은 시간이 가끔은 야속하게 느껴져서 이런 상상도 해본다. 내가 다시 스무 살이 된다면……. 뭐, 지금과 크게 달라졌을 것 같지는 않지만 별 흔적 없이 흘러가버린 시간에 대한 아쉬움을 그런 헛된 망상으로나마 달래게 된다. 지나친 일반화일지 모르지만 시간이란 대체로 그런 것이 아닐까? 그래서 과거의 시간은 아련하고 현재의 시간은 하찮으며 미래의 시간은 불안하다.

시간이란 것이 존재감을 키우면서 걱정 없던 시절은 서서히 사라지고 그 자리에 불행이 자리 잡는다. 시간과 함께 불행이 태어난다. 아니면 불행 때문에 시간에 집착하는 것일지도 모르겠다. 어쨌든 시간과 불행이 밀접한 상관관계가 있는 것만은 분명하다. 그래서 도르도 자신의 동굴에 울려 퍼지던 수많은 목소리, 시간을 원하는 그 목소리들을 불행이라고 정의했을 것이다.

사람들은 시간이 많아서 불행하기도 하고, 없어서 불행하기도 하다. 10대인 세라는 시간이 많아서 불행했다. 그래서 그녀는 남아 있는 자신의 시간을 버리기로 했다. 반면 80대인 빅토르는 시간이 너무 적어서 불행했다. 그래서 그는 스스로 시간을 창조하기로 했다. 그렇게 그들은 자기에게 없는 것을 바라면서 스스로 더 큰 불행 속으로 걸어간다. 우리 모두 그렇듯이. 그리고 그들은 21세기로 소환된 시간의 아버지를 만나고는 너무나 당연한 메시지에 굴복하여 각자의 삶으로 되돌아간다. 어찌 보면 너무 뻔한 결말이다. 하지만 그런 뻔함에 안도하고 위로받는 것은 왜일까? 그런 뻔함이 뻔하게 느껴지지 않는 것은 왜일까? 너무 뻔해서 오히려 외면당했던 진실을 담고 있어서는 아닐까?

저자가 밝혔듯이 이 책은 시간의 의미에 관한 이야기이지만 결국은 삶의 의미에 관한 이야기로 귀결된다. 누구에게나 하나뿐인 삶. 그 명제가 너무나 절절하게 가슴에 와 닿는다.

KI신서 4893

도르와 함께한 인생여행

1판 1쇄 발행 2013년 4월 15일
1판 12쇄 발행 2017년 3월 23일

지은이 미치 앨봄 **옮긴이** 윤정숙
펴낸이 김영곤 **펴낸곳** (주)북이십일 21세기북스
기획 한성근 남연정 이경희 **디자인 표지 본문** 오진경
영업본부장 신우섭
출판영업팀 이경희 이은혜 권오권 홍태형
프로모션팀 김한성 최성환 김주희 김선영 정지은
제작 이영민 **홍보팀** 이혜연 최수아 박혜림 백세희 김솔이
출판등록 2000년 5월 6일 제406-2003-061호
주소 (우 413-120) 경기도 파주시 회동길 201(문발동)
대표전화 031-955-2100 **팩스** 031-955-2151 **이메일** book21@book21.co.kr

(주)북이십일 경계를 허무는 콘텐츠 리더

아르테 채널에서 도서 정보와 다양한 영상자료, 이벤트를 만나세요!
가수 요조, 김관 기자가 진행하는 팟캐스트 '[북팟21] 이게 뭐라고'
페이스북 facebook.com/21arte 블로그 arte.kro.kr
인스타그램 instagram.com/21_arte 홈페이지 arte.book21.com

ISBN 978-89-509-4834-4 03840
책값은 뒤표지에 있습니다.